我不喜欢这世界，我只喜欢你

乔一 著

CNS PUBLISHING & MEDIA
湖南少年儿童出版社
HUNAN JUVENILE & CHILDREN'S PUBLISHING HOUSE

在这什么都
善变的人世间
我想和你
看一看永远

图书在版编目（CIP）数据

我不喜欢这世界，我只喜欢你 / 乔一著. — 长沙 ：湖南少年儿童出版社，2015.5
ISBN 978-7-5562-1274-3

Ⅰ. ①我… Ⅱ. ①乔… Ⅲ. ①故事—作品集—中国—当代 Ⅳ. ①I247.8

中国版本图书馆CIP数据核字(2015)第098900号

WO BU XIHUAN ZHE SHIJIE,WO ZHI XIHUAN NI

我不喜欢这世界，我只喜欢你

策划编辑：李　芳　　责任编辑：唐　龙
质量总监：郑　瑾　　特约编辑：邓　理
统筹编辑：唐　瑜　　装帧设计：杨　平
内文设计：蒋　棋　　封面绘制：叉烧君

出版人：胡　坚
出版发行：湖南少年儿童出版社
社址：湖南省长沙市晚报大道89号　　邮编：410016
电话：0731-82196340（销售部）　　82196313（总编室）
传真：0731-82199308（销售部）　　82196330（综合管理部）
常年法律顾问：北京市长安律师事务所长沙分所　　张晓军律师

经销：新华书店　　印刷：北京盛通印刷股份有限公司
字数：130千字
开本：710mm×1000 mm　1/32
版次：2015年5月第1版
印次：2015年5月第1次印刷
定价：29.80元

目录

contents

和

摩羯男谈恋爱
大概是这样的

NO.1

001 ///

去年F君去日本出差，我在网上看到一个帖子——《姐妹们平时怎么发短信调戏男朋友？》，各种答案直接让人笑喷。

正巧那天我换了新手机号，顺手给他发了条匿名短信：“老板，需要特殊服务吗？”

他没理。

我又发一条过去：“寂寞小野猫，热情似火，送货上门，包君满意。”

过了好久，他打电话过来，第一句就是：“你在家很闲吗？”

我特震惊：“你怎么知道是我？”

他说：“只有你才会这么无聊。”想了想又说，“我后天回来。”

“这么快，不是要下周吗？”

“临时有变。”

没过多久他同事来家里吃饭，聊到这次日本之行，同事说：“F连庆功宴都没参加，正事干完一秒钟也没耽误地往机场赶，说家里没人，要回来照顾猫。”

他四处看看，好奇地问：“你们家猫呢？”

我的脸噌一下红了，F夹了块红烧鱼放在我碗里面不改色地说：“它胆子小，怕生。”

我恨不得把脸埋进碗里。

002 ///

F君在外人面前十分严肃冷傲，人送外号Ice Man。而我恰恰相反，资深神经病，特别爱演，他经常骂我不当演员可惜了。

在外面吃饭的时候我突然停下来对他说："姐夫，我们这样做对得起我姐吗？"

起初他还会和服务员一起露出被雷劈的表情，久了就习惯了，昨天还特淡定地回了我一句："你姐在九泉之下会祝福我们的。"

有一回我心血来潮，对他说："我要演痴心男二号。"

然后很快进入角色，对他咆哮："我才是最爱乔一的人！我是不会把她让给你的！"

他在书架旁一边漫不经心地翻书，一边无所谓地回："你拿去好了。"

我愣了，剧情不应该这样发展啊。

我说："我今晚就带她走，永远离开你！"

他啪一声把书合上，冷冷地说："你试试，她要是敢跟别人跑，我打断她的腿。"

晕！谁让你乱改剧本的！

003 ///

出差回来，在机场接到闺蜜电话，失恋了哭得稀里哗啦。我拖着箱子陪她去喝酒。

说有始有终的爱情是人间异数，是天上掉馅饼，根本不能奢望它跟发盒饭一样，到饭点就人手一份。

回到家我特别伤感，抱着F君说："我这人运气一向不好，我这辈子最幸运的事大概就是遇见你，所以我特别特别珍惜，长这么大唯一坚持下来的事情就是爱你。"

他说："嗯，你这么想我很感动，"顿了顿又说，"但是你不要以为这样我就会原谅你凌晨三点才回家。”

然后狠狠瞪我一眼，起身去厨房帮我泡蜂蜜水解酒。

004 ///

我话很多的，经常在他耳边叽叽喳喳说个不停，有天我突然问他：“你会不会觉得我很啰嗦？”

那时他在开车，眼睛看着前面的路，面无表情地回：“是挺啰嗦的。”

我有一点不高兴，原来他一直觉得我烦。

他忽然笑了，说：“反正得听你啰嗦一辈子，习惯就好。”

005 ///

我和他是高中同学，他读书时和现在一样，嘴上不饶人，但心肠很好，一直很照顾我。后来发生了一些事情，我们当时都不太成熟，为一点小事就绝交了。

他去英国读书，好多年我们都没再联系。同学会上提到他，有人说无意中拨错号码，打他以前的手机号居然通了，才知道这些年F一直留着原来的号码。

“在国外给国内的手机交费不是很不方便吗？”

大家都很费解，最后统一得出结论，大神的行为模式不是我等凡人能会意的。

没过多久他生日，我鼓足勇气给他发了条短信，抱着手机看了一晚，他没回。直到第二天下午他才发来回复，很疏离很客套的两个字：

“谢谢。”

后来他回国，我带着一身孤勇来北京找他，我们和好，决定在一起。有一天我在书柜里找到他以前用的那部诺基亚N97，打开，通话记录和短信都删得干干净净，只有短信草稿箱还有东西，我点进去，里面存了几十条草稿。

今天在Asda碰到一个女生很像你。

Paul出了新专辑，听歌的时候感觉你就坐在我旁边。

长沙降温了，你记得加衣服。

我原谅你了，给我打个电话好不好。

……

最后一条是：我好想你。

时间是他生日。

006 ///

去年在一个挺偏僻的山区做活动，人群中我被推搡着摔了一跤，腿正好磕在石头上，疼得眼冒金星。同事来扶我问没事吧，我爬起来拍拍手说没事，贴了两张创可贴继续工作。

回去才发现半截裤子都是血，一瘸一拐地去医务室，医生说得缝两针，但是医务室没麻药。因为第二天还有任务，耽误不得，我心一横，缝吧，我忍着。

硬是忍着一声没吭。

同事在旁边看着，一米八几的东北大男人居然红了眼眶，他说哥真心佩服你。

我还挺不好意思的，说：“这算什么呀，我小时候做手术，比这疼一百倍都忍过来了。”

回北京F君来接我们，我一上车倒头就睡，中途醒来听同事在跟他聊天，说我早生个几十年肯定是刘胡兰。

“她在家也这么要强？”

F说：“不，在家很爱撒娇，经常看电影哭得眼泪鼻涕的要我哄，跟个小孩儿一样。”

同事很困惑：“为什么？”

“因为只有在我面前，她可以不用坚强。”

我默默听着，突然鼻子一酸。

我以前在书里看过一句话，印象很深，说在人的一生中，遇到爱，遇到性，都不稀罕，稀罕的是遇到了解。

我想这就是了解吧。

007 ///

公司要做一个关于怀念青春的策划。

我给朋友们群发了一条信息：“你学生时代喜欢的那个人现在怎么样了？”

收到各种答案：

“成了别人孩子的爹。”

“结婚了，生了孩子，昨天晚上梦见他，还是那样对我不屑一顾，好像不管我多努力，都追不上他的脚步。梦里很难过，因为他没有做错什么，他只是不爱我。”

“学生时代只爱黄冈模拟题。”

慢慢看下来，发现不小心也给F君发了，我倒也没抱希望，他基本不回这种群发短信，等了好一会儿，他果然没回。

那阵子我们工作都很忙，我回家已经晚上十一点，他比我还晚。晚上睡得迷迷糊糊感觉他蹑手蹑脚地上床，帮我掖了掖被子。

第二天醒来他已经走了，我到公司才发现手机里有一条未读信息，打开，看到他的答案：

“成为我妻子，在我身边睡着了。”

时间是凌晨两点四十五分。

008 ///

跟F君刚谈恋爱那会儿，我对这段感情没有把握，他又是很固执的人，每次吵架都是我主动认错和好。

有一回我们吵架，他晾了我一星期，我厚着脸皮赔笑脸，可他就是不理我，那天正好车里在放张悬的《宝贝》，里面有一句歌词：“我的小鬼小鬼，逗逗你的眉眼，让你喜欢这世界。”

我说：“你看这歌词写的不就是你吗？跟个小孩儿似的好像世界都是你的。”

我自说自话了半天，声音越来越小，越来越哽咽，心里委屈得要死，心想不理就不理吧，大不了分手。

一路无话。车在我公司楼前停下，我正准备开门，身旁的他突然拉住我，低头闷闷地说：“可是……我不喜欢这世界，我只喜欢你。”

我眼泪刷一下就流下来。

009 ///

我外婆年纪大了，脑子有些迷糊，全家只有F君能跟她沟通，我们都觉得特别神奇。有一年过年回老家，我帮妈妈做饭，F在院子里陪外婆聊天，我听到他在教外婆说英语。

“I love you，就是我爱你的意思。”

“你慢点说，矮什么？”

F很耐心地说：“矮——那——屋——有——”

外婆信心满满地点头：“记住了！”

晚上吃饭我故意问外婆：“听说你会说英语了？”

外婆很高兴：“小F教我的。”

F歪着头问她：“我爱你怎么说？”

“矮……矮……矮……”她想了好久，终于想起来了：“矮隔壁有！”

一桌人都被逗笑了。

夜里我出来倒水，看到外婆屋里的灯还亮着，以为她又忘了关灯，走到她门前，看到她一个人坐在椅子上，捧着外公的遗像小声说：“老头子，爱隔壁有。”

……

那晚睡觉F抱着我说：“外婆很孤独，我们要多回来陪陪她。”

我突然很想哭。

不熟悉F君的人都觉得他很冷漠，寡言少语像块石头。

只有我知道不是。

他很温柔，是我见过最温柔的男人。

领证的前一晚我问他："你是什么时候开始喜欢我的？"

他答："不记得了。"

"可是，为什么是我呢？"

"为什么不是你呢？"

"我很小气，又爱吃醋。"

"我也是。"

"我怕自己不值得你喜欢。"

"我也是。"

"我没怎么谈过恋爱，不知道爱情是什么。"

"我也不知道。"

他温柔地握住我的手，"但我知道，一想到能和你共度余生，我就对余生充满期待。"

16岁时我们共用一个课桌，胳膊与胳膊相距不过十厘米，我的余光里全是他。

26岁时我从清晨醒来，侧头看到阳光落在他脸上，想与他就这样慢慢变老。

也许这就是爱情吧。

同/桌的他

NO.2

001 ///

读书的时候F同学是我们学校的传奇，长了张TVB里反恐精英的正气脸，成绩好到逆天，还会吹萨克斯，被很多怀春少女醒着睡着惦记。

他很拽，对谁都爱搭不理的死样子，冷冷的。那时他在我眼里只是个爱耍酷的静音冰箱，我的梦中情人是陈浩南，我渴望成为大哥的女人，跟着大哥从铜锣湾一路砍到尖沙咀，一生放纵不羁爱自由。

我们高中是市里最好的一所中学，唯成绩论，学校有个规定，座位必须按成绩排，我们班主任又相当注重仪式感（肯定是巨蟹座）。所以期中和期末考试后，我们都要在走廊上排队，班主任拿着排名表从上到下喊，被喊到的才能进去选座位。

这种体验太不好了，我觉得这是人类迄今为止最不人道的一项发明。

F同学永远是第一个进去的，但他不坐第一排，因为他不喜欢，他喜欢第四排靠窗的座位，视野开阔，方便走（zhuang）神（bi）。

当时我们班有个不爱洗头的男文青喜欢我，热情洋溢地给我写情诗，《用我的热血洒满你的坟头》什么的。那次考试我就排在他后面，这意味着我们得同桌，一想到自己的坟头会洒满他的热血我就一阵鸡皮疙瘩。

当时全班只有F同学旁边有空位——他一直一个人坐——在我们那所变态的重点中学里成绩好就享有一切特权。

那简直是我人生中最勇猛果敢的一刻，我抓起书包逃到F同学旁边不由分说地坐下来。

他回头看我一眼，我还记得他当时塞着耳机在听歌。我尴尬万分地冲他笑。他就这么面无表情地看我，不说话，直到CD机里的碟片播完。

“周杰伦吗？”我跟他搭讪。

那时周杰伦正当红，满大街都在放他的歌。

F同学啪一下打开CD机，换碟，重新戴上耳机，冷冷地说：“The Beatles。”

我们就这样成了同桌。

若干年后，回忆起这一段，我说：“你就不能对自己的新同桌友善一点吗？”

“对不起，”他十分抱歉地说，“毕竟当时谁都不知道坐下来的是我老婆。”

002 ///

F同学说话特别惜字如金，能用单音节词的绝不用双音节，能用词语的绝不用句子，能用一句表达清楚的绝不用两句，反正跟他聊天简直要被活活气死。

他小时候学过一段时间萨克斯，就是因为性格孤僻，我婆婆一度怀疑他有自闭症。正好认识一个挺出名的萨克斯老师，就让F去跟着学，主要是希望他能多交点朋友。

没去多久老师就告状，说他不合群。

婆婆决定和他谈谈。

“儿子，有多少人和你一起学？”

“四五个。”

“人怎么样？”

“还行。”

“有玩得好的吗？”

“没有。”

“你要主动和人家讲话，多和同学交流。还可以邀请他们来家里做客。”

“不行。”

闷葫芦严肃地摇头。

我婆婆崩溃了，“为什么啊？”

闷葫芦理直气壮地答：“吹萨克斯，嘴没空。”

后来婆婆跟我说起这一段，我窝在沙发上笑得不行，我说妈应该让他去学芭蕾，学那个嘴有空。

某人端着水杯路过，朝我俩翻了个巨大的白眼。

003 ///

我初中时做了场挺大的手术，因为开刀导致神经损伤，有好几年我整个背部都没有知觉。我很少提这件事，几乎没人知道。

有天自习，大家都挺无聊，我后面的女生一时兴起在她同桌背上玩猜字。

她玩了几轮突然叫我坐正，兴致勃勃地在我背上写起来。我顿时就傻了，因为我一点感觉都没有。

我摇头说不知道，她又写了一个，我还是摇头。

她不相信，说你装的吧，这么简单怎么可能猜不出来？

那一刻真是万分尴尬，不解释说不过去，解释起来又很麻烦，我一下子手足无措。

这时，很少参与我们话题的F同学突然说了一句："我来吧。"

那时候我和他不太熟，虽然是同桌，但我们很少说话。他是万年冰山啊，当时他一说话所有人都震惊了，天才君这是要与民同乐吗？

他也不管我有没有同意，抬手就在我背上写了个字。

我自然不知道，但是因为F的参与大家都很兴奋，齐刷刷地盯着我，我再说不知道显得好丢脸，于是随口说了一个字，是他的姓。

谁知他竟然说对了。

我特震惊！这都能猜对？！

然后他又写了个字。我随口猜了我的姓。

他好像笑了一下，声音低低地说："嗯，对。"

后座的女生纳闷了，说："我怎么看着不像啊。"

倒也没人继续追究，大家继续聊天，我就这样蒙混过关。

我至今不知道F当时写的是什么。

后来才知道其实他知道我做过手术，学校之前组织体检，发体检报告的那天我请假没去，体检报告就放在桌上，他扫了一眼，默默记住了。

004 ///

如果F是"看一眼就记住先生"，我就是"看几眼都记不住"小姐。

我数学很差，他数学很好。考试时他做题速度超快，基本半个小时搞定，然后就托着腮看着窗外发呆，我就趁机偷偷摸摸抄他几道题。

我一边抄一边安慰自己，《圣经》上说，施比受更有福，我不是作弊，我是在帮F同学积攒幸福的资本。

通常流程是这样的：

（我偷偷瞟一眼）ACBCD，BCAAD，好，记住了。

（埋头写）BCAAD，BC……后面是啥来着？忘了！

（再偷偷瞟一眼）哦哦，BCAAD……

（埋头写）等等，最后一个是B还是D？没看清楚。

再偷看一眼，发现某人居然把卷子折起来了！

抬头，他正一声不吭，满脸鄙视地瞪我。

我干笑两声缩回去，努力回想究竟是B还是D，死活都想不起来。

然后就听到他冷冷地说："是D。"

……

他吐槽："抄都不会，蠢死算了。"

我忍辱负重地假装没听见。

005 ///

F同学是数学课代表，还没有同桌的时候我俩基本没有任何交集，但有一件事我印象深刻。

有一次发数学卷子，老师把卷子分成两摞，一摞是及格的，交给F发，另外一摞是不及格的，老师自己发。我自然是在不及格的那一摞。

发到我的时候，老师很嫌弃地说："这么简单的选择题只对四道，我就是教一头猪它也学会了。"

F抱着卷子正好走到我旁边，瞥了一眼，十分有正义感地替我反驳："她对了五道。"

老师有点下不来台，全班发出很暧昧的一声"wow~~"。

从此我多了个外号，叫"五道"。

后来我来北京工作，公司正好就在五道口，简直是神一般的诅咒。

说起这件事，F同学一点印象都没有，根本不知道我这个外号是拜他所赐。

不过F同学的数学课代表当了几个月就被撤职了，原因是这货脸盲，还记不住名字，卷子永远发错人。

006 ///

我很喜欢周杰伦，有一年他来我们市开歌友会，主办方下午五点发票，中午十二点歌迷就开始排队，老远就能看见黑压压一群人抱着KT板、横幅站在那儿，跟非法集会似的。

我琢磨着逃课去抢票，让F帮忙，他不同意。

不管他同不同意，反正我跑了，给班主任发了条短信，说我生理痛请假回家。

谁知那天我哥突发善心，主动跑去帮我请假，说我腿摔伤去医院了。（我这个逗比哥哥专业坑妹二十年。）

F同学嘴上说不管，事到临头又忍不住帮忙，屁颠儿地跑去跟班主任说我发烧回家了。班主任顿时就怒了，拍着桌子说：“她自己给我发短信说生理痛要回家！她哥跟我说她摔伤腿去了医院！现在你又跑来说她发烧，她到底干吗去了？！”

据目击者称，F当时愣了一秒，真的只有一秒，然后面不改色地说：“她生理期高烧不退上体育课时从单杠上摔下来，她妈妈把她接走送去医院了。”

全过程行云流水脸都没红一下，简直令人叹为观止。事后我听说了这一段，拍着他的肩说小伙子可惜你生在了中国，你要是生在金三角，绝对是枪口抵在脑门都面不改色心不跳的犯罪团伙头目。

007 ///

还有一回，我们考化学，之前另外一个班考过一次，我耍小聪明要来了答案。

F同学要我好好复习，我当然没那么乖，把他的话当耳边风，把书扔在一边专心背答案，为此他还生气，一整天都没跟我说话。

到考试那天我信心满满，结果卷子一发下来我就傻眼了，跟我之前拿到的题目完全不一样！！

F一副“你丫活该”的表情，慢条斯理地做他的卷子，压根儿不理我。

我完全蒙了，急得眼泪打转，老师提醒还剩十分钟交卷，我卷子上基本还是空的。旁边的F同学突然问我：“知错了吗？”

我眼泪巴巴地点点头。

他把答题表扔给我：“下不为例。”

008 ///

F声音特别好听，南方人里少有的发音字正腔圆。月考时老师都让他帮忙录听力。我把主意打到他身上。

“念到正确答案的时候你就稍微慢一点，行不行？”

“不行。”

“没人会发现的，你不用每题都暗示，就挑几个难的。”

“不行。”

“我下回一定认真复习，这次你就帮帮我嘛。”

“不行。”

“你真的忍心见死不救？”

“我是不会帮你作弊的。”

我很委屈：“可是我妈说，这次再考不好，她就把我关在家哪都不准去。”

我和他约好了去郊外烧烤。

他继续低头翻书，仿佛没听见。

谁知考试那天，这人在广播里一本正经地朗读——

“C.Show——her——the——way——to——the——hospital——”

那时候还没有专业打脸户这个词。

009 ///

有一次他感冒很久没好，我特心疼，想给他带药，但又不好意思。纯情的我想了个特别迂回的方式——回家用冷水洗了个头，成功把自己也弄感冒了。

第二天戴着口罩去上课，我把感冒药分给他，特意强调是“顺便”替他带的。

他问：“你怎么也感冒了？被我传染的？”

我摇头，没敢说实话，怕被嘲笑到死。

谁知道这家伙的感冒第二天就好了，我反而天天打喷嚏，头晕脑涨一个月。

现在想想，真是被自己的脑回路蠢哭了。

010 ///

新学期重新排座，我跟F同学不再同桌，分开的那天我特别难过，还为此偷偷哭鼻子，觉得天都快塌了。那时候我性格腼腆羞涩，不像现在大大咧咧，而他更是不会主动跟谁联系，所以我们不再同桌之后就很少说话了。

我们班每隔两周都会去实验室上化学课，实验室的座位是按照刚开学时的位子排的，也就是说，只有在实验室，我才可以跟他坐在一起。

所以每次看到课程表上有“化学实验”我心情都会特别特别好，还会在前一晚把最好看的衣服翻出来放在床头，万分期待去学校。

有一回学校发了张调查表，让我们匿名填最喜欢的老师、最喜欢的科目什么的，别人都写的数学语文地理，我却恶作剧地写了“化学实验”。

课间我去办公室，班长在里面统计调查表，他说写英语的最多，大概因为班主任是英语老师。

“居然还有两个人写的是化学实验。”他说。

“两个？！”我失声问。

他点点头，“对啊，两个。”

我记得当时的心情，仿佛心里有个小烟花，嘭一下炸开了。

011 ///

高二文理分班，分开前大家都忙着写同学录，写同学录这件事其实是非常暧昧的，说不出口的话可以写下来呀，我们班有几个人都在同学录里表白然后在一起了。

我也买了同学录，让全班都写了，最后才顺理成章地把同学录放到F同学面前。

他起初还不乐意，说无聊，我软磨硬泡他才松口，说：“放我这儿吧，我有空就写。”

但是，他永远没空，一直到高二都快结束了，他才想起来把同学录还给我。

我期待万分地打开，这家伙的留言只有八个大字——好好学习，不要懒惰。

我差点被他气死。

后来我才知道，这家伙真的太有心机了，我的同学录在他那儿，我就不得不经常主动去找他，而他慢悠悠地把我同学录里所有男生的留言都看了一遍，确定没有“奸情”才放心，最后大笔一挥，随便写几个字敷衍交差。

012 ///

分科后我读文，F同学读理，和我哥分到一个班。

为了节省时间，F的妈妈帮他在学校附近租了个房子，后来我哥也搬去一块住了，两个学霸开启了同居模式（好像有哪里不对？）我偶尔会过去，帮我哥拿换洗的衣服。

有一回我照例去出租屋帮我哥拿衣服，他们重点班要上晚自习到九点，所以家里没人。

放学的时候下了很大的雨，我没有带伞的习惯，被淋成落汤鸡。想着反正家里也没人，就洗了个澡，顺手换了我哥挂在浴室里的T恤。

然后我去我哥的房间看书，想等雨小一点再走。过了一会儿我端着杯子出去，正弯腰接水，身后卫生间的门哗一声打开了。

我一回头，就看到了F。

他刚洗完澡，头发湿漉漉的，重点是，他就穿了条裤子，裸着上身就出来了！

我眼睁睁地看着水珠从他发梢一滴一滴落下来，沿着裸露的皮肤一路蜿蜒起伏滑下去，我顿时觉得呼吸都不顺畅了。

而F同学就这么淡定地和我对视了好半天，这时候正常人都会问一句“你怎么会在这？”或者“你什么时候来的？”来缓解尴尬对不对？他不，他好像忘了自己没穿衣服这个事实一样，特别坦荡地走到我面前，把搭在自己肩上的毛巾盖到我头上，问：“你洗澡了？”

我就愣愣地点头：“嗯。”

他接过我手里的杯子，转身替我接满递给我，说：“你哥要晚点回来，一会我送你回家。”

我继续愣愣地说：“嗯。”

然后我梦游一般，端着杯子，头上还盖着他的毛巾，两腿发软地回去了。

很久之后，回忆起这件事，我骂他：“你丫当时是故意耍流氓的吧！”

他白我一眼：“怪我咯？你身上穿的那件是我的衣服。”

我：……

013 ///

学校办运动会，我被抓去参加接力跑。做准备运动的时候遇到F，我紧张得要命，他答应替我加油。我指着起点旁边的看台对他说：“一会儿你和我哥就站这里。”

他说好。

开跑前我去排队，站在跑道上回头找他们，两个人都不见了！问旁边的人，说老师让他们参加跳高队员的集合。

枪声一响，全场闹哄哄全是加油声，我脑子里乱成一锅粥，紧张得肚子痛。我是第二棒，眼看着第一棒马上结束，我习惯性地回头看，以为自己眼花了，他不知道什么时候又回到看台，站在我刚刚指给他的地方。

眼神交汇的一瞬间，我顿时就安心了。

他说当时那么紧要的关头，我居然分心跳起来冲他挥手。但我一点都不记得了，就记得看到他站在那里心里特别特别高兴。说来奇怪，我小时候幸福感不如现在充沛，因为害怕失望，所以对任何事都不敢抱有希望，但我就是信任他，特别信任，从来没有人像他那样，可以给我带来那么多的安全感。

后来得知他跳高第一杆就没过，问他是不是故意的，他说我想多了。

014 ///

我人生第一次看芭蕾舞剧是跟着F同学去的，领舞是F的妈妈。那天结束之后他去后台找他妈妈，我也跟着去了。F同学就指着我介绍："妈，这是我同桌乔一。"

那是我第一次见他妈妈，特别紧张（虽然那时我们还只是纯洁的同桌关系），当时我想说阿姨好，恭喜你演出成功，结果脑子一抽，张口就变成了："妈，恭喜你演出成功。"

说完之后大家都愣了，然后一阵爆笑，我恨不得找个地洞钻进去。

第二天我偷偷问F他妈妈怎么说我，F憋着笑，说："你妈说你挺可爱。"

我再一次想找个地洞钻进去。

那时候谁都没料到，若干年后我真的改口叫妈了。

奇/葩兄妹的日常

NO.3

001 ///

我有个哥哥叫观潮，他比我大一岁，虽然是同一个爹妈生的，但我俩一点都不像。他从小就比我聪明。小时候我的玩具是积木，他的玩具是变阻器和安培表，我还在学乘法口诀，他就已经开始背元素周期表。他和老师讨论运动的电荷产生磁场是否违反能量守恒定律，我在旁边连标点符号都听不懂。

我不止一次地怀疑他长了两个脑子——把我的那个抢走了。

小时候我最羡慕的就是独生子女，观潮跟我从小打到大，而且他从来不让我。去年我表姐生了二胎，大儿子闷闷不乐，吃满月酒时观潮眉开眼笑地跟人家说，恭喜啊，以后做错事可以找她背黑锅——可见我小时候过得多么悲催。

002 ///

小时候观潮总欺负我，不带我玩，还抢我零食。那时我比他胖得多，在打架上有压倒性优势，抢不赢我就动粗。但这厮是个演技派，我拳头还没举起来，他看到妈妈走过来就立刻倒地，抱头，趴在地上痛苦哀号，整个过程行云流水一气呵成。

于是我被妈妈暴打一顿。

当然我也有聪明的时候，妈妈教我们写字，我自己的名字没学会，倒学会了写他的，在吃完的雪糕柄上写“观潮之墓”，然后端端正正地插在了我家的花盆里……

于是又被暴打一顿。

兄妹应该有很多种类型，相亲相爱型，情同手足型，两看生厌型，我和观潮属于从小打到大型。

观潮的嘴贱是天生技能，打娘胎里就有。小时候的我是个货真价实的胖子，冬天妈妈怕我俩冷，给我们穿好多衣服，观潮穿多少都不显胖，而我就变身成一个圆滚滚的球。

观潮担忧地说：“以后你结婚了怎么办，别的新娘穿婚纱是公主，你就是个包子……”

以至于我经常做噩梦，梦到夜礼服假面娶我，我们在教堂宣誓，神父说，现在新郎可以吻新娘了。

夜礼服假面缓缓揭开我的面纱，发现里面是个猪肉白菜包……

读书之后我莫名其妙地瘦下来，保持至今。前几天称体重，我十分得意地给他发照片：“看，不到九十哟！”

他回：“体重不过百，不是平胸就是矮，你都占了耶！”

003 ///

我读书读得早，小学和初中都跟观潮一个班。观潮很聪明，不听课也能考第一，我一直以为我哥是无敌的——直到读高中时他遇上F。

这两人跟命中相克似的，每次考试F都能比观潮的分数高那么一点点。观潮表面不在乎，其实内心耿耿于怀。

他们首次交锋是某天放学，我在操场等观潮打完篮球一起回家。F来找我，好像是因为我把他的书带走了。

球场上的观潮不知出于何种心理，贱兮兮地跑过来搭话。我在旁边翻书包，听到他俩对话如下：

“要走了？”（明显没话找话）

你是我在这个世界上最最喜欢的。

F没回他，满脸“你是谁”的表情。

“我是9班的观潮。”（自报家门，自信满满）

“谁？”

“你不认识我？”（大为震惊）

F面无表情地摇头。

“我们一起上过奥数特训班，我是班长，你不记得了？”

F继续面无表情。

“你真不记得？每次考试我都坐你后面（我们考试是按名次排座位的）。第一次月考我比你低五分，第二次是八分，上一次我差一点反超，就差一分。”

F继续无辜地看着他，我猜他肯定是想说点什么化解尴尬，但这个任务对他来说真的太艰难了，他想了半天才憋出一句。

“那你再接再厉。”

然后从我手里接过书，挥挥衣袖飘然远去，留下目瞪口呆的观潮。

004 ///

小时候有个记者来家里采访，好像是因为观潮得了个什么奖。

我到现在都还记得那个记者的样子，特别装模作样，先是要观潮帮妈妈捶背，然后又让观潮辅导我做作业。他在旁边咔嚓咔嚓地拍照。

开什么玩笑，观潮根本不会教我做作业，他的作业都是我在帮他做好吗？

后来记者说要拍观潮的奖状，可能在他的心里三好学生家里的墙都是用奖状糊的。可我们家真没有，观潮的奖状奖杯拿回来都随手扔。

那天最精彩的环节是快要结束的时候记者问：“能给大家分享一些你的学习经验吗？”

观潮想了半天，说：“没有。”

“那你为什么每次都名列前茅？”

他老人家脱口而出：“因为别人都太笨了呗。”

005 ///

观潮特别自恋，整天沉浸在“我最帅”的臆想中，女生多看他两眼他就觉得人家喜欢他，在他心里，看他的都喜欢他，不看他的是性格腼腆不好意思看他。

他打小就是个御姐控，以前暗恋我们家一个远房表姐，表姐是个美貌的不良少女，高中没读完就退学了，在同年龄的女生还都灰头土脸读书的时候，她已经学会了化妆泡酒吧，观潮被她迷得七荤八素的。他不止一次地对我说：“胸大才配叫女人，你呢？”他嫌弃地上下扫我几眼，“顶多只能算是个雌性。”

我被他气得吐血。

006 ///

F君很少用微信，朋友圈更是万年不更新，难得发张照片，内容是：加班，忙。

下面迅速有人回复：

同事A：F少还在加班吗？嫂子看到会心疼的。

回复A：她睡了。

同事B：你居然主动发照片！

回复B：嗯。

同学C：你这是要用青春搏明天啊。

回复C：没。

同学D：我们班就你最有出息，靠你光宗耀祖。

回复D：不敢。

观潮：出差？

回复观潮：嗯。

观潮：我妹呢？

回复观潮；在清迈。

观潮：你放心她一个人去玩？小心老婆被人拐跑。

回复观潮：没事。

观潮：你太宠她了，她会顺杆往上爬的。

回复观潮：没有。

观潮：你能不能多回我几个字？！

回复观潮：不能。

观潮：算了，我下个月来北京，你把时间空出来陪我喝酒。

回复观潮：好。

乔一回复观潮：好啊好啊，我去接你！！喝酒叫上我！！！！

回复乔一：你怎么还没睡。

乔一：睡不着啊，在床上躺了两小时了，想去买安眠药不知道哪里有药店。

回复乔一：不准吃药，找room service（服务台）要杯热牛奶，喝了去睡，把手机关了，二十分钟后我打你电话检查。

观潮：卧槽！！！你太区别对待了！！！

007 ///

我跟观潮说我觉得F变了。

“怎么？”

“小时候他对我可好了，帮我抄作业，给我带蛋糕，我上课睡觉他帮我打掩护，谁要敢欺负我他第一个站出来。可现在呢，他整天变着法儿欺负我，调戏我，用智商碾压我，我没他聪明，吵不过他，也没他挣得多，他领个年轻貌美的小三回来我也斗不过人家，只能卷铺盖回娘家。”

观潮急忙打断我：“这种事情是不可能发生的。”

“你别安慰我，现在事态很严峻。”

“我的意思是，娘家是绝对不会收留你的。”

我气得跟我妈告状，我说观潮是我亲哥吗，我真的不是充话费送的？

我妈认真地想了想说：“你这种情况应该属于买一赠一。”

008 ///

我跟F君闹别扭，具体为了什么忘了，我跟观潮诉苦。

他在电话那头幸灾乐祸，“我让你别这么早结婚，你要结，

遇见你那天起，就没想过要分开。

结婚之前分手你还是可爱的失恋少女，现在分手你就只能是离婚妇女了。”

吓得我立刻回家跟F君和好。

观潮还特得意，说自己有特殊的劝和技巧。

009 ///

我们读小学时学校里很风行小浣熊里的水浒英雄卡，1990年代的人应该都记得，几乎每个人都在搜集。那时我和观潮都没多少零花钱。但是观潮记性特别好，过目不忘的那种，他看了一遍《水浒传》，第二天就到学校跟人讲故事，讲一个故事换一张卡片，就这样居然集齐了一百零八张。

后来我偶然从床底的箱子里翻出这套卡片，打电话给观潮，观潮啧啧感慨这都是他的童年啊童年。

观潮：“你知道那时候我为什么这么做吗？”

我：“难道不是因为你想显摆自己惊人的记忆力？”

“不是的，你记不记得那时候你喜欢林冲，班上只有程佳佳有，你让她给你看一眼她都不给，叫你自己去买。我挺生气的，但是又没钱，只能这么做。”

我大为感动，当即答应帮他买他心仪已久的机械键盘。

晚上我眼泪汪汪地跟F说这事，说着说着突然一拍大腿：“靠！被骗了！”

F抬头问怎么了。

我咬牙切齿：“我才想起来，程佳佳二年级就转走了！”

水浒英雄卡是四年级才流行的！

010 ///

他陪我去逛街，我看中一个杯子，三十五一个。我还价：“老板便宜点吧，八十给我两个。”

老板乐了：“姑娘，你还帮我涨价了。”

我恍然大悟：“哦哦，算错了。”

观潮在旁边说：“不好意思，我妹妹十岁那年做过阑尾手术。”

老板问这跟杯子有关系吗？

“医生不小心把她的脑子也取出来了。”他不紧不慢地说。

……

晚上跟F告状，我说：“皇上，你要给臣妾做主。”

他说：“好，朕这就去帮你欺负回来。”

两个人关着门在书房战了一晚上xbox。

第二天观潮满眼血丝地告诉我：“你男人虐了我一宿。”

话是没错，怎么听起来这么奇怪呢？

011 ///

大年三十去机场接他。

一年不见，观潮大爷风采依旧，戴着墨镜大步朝前走，我推着一车行李跟在后面一溜小跑。

上了车，我说：“你都不拥抱一下你亲妹妹吗？为了接你我可是六点就起床了。”

他：“有什么好抱的，除非你给我报销机票。”

我：“滚！”

回到家他往椅子上一躺，扯着嗓子喊：“妈妈，我饿了。”

我一巴掌拍在他头上：“要吃自己做。”

妈妈在厨房里说午饭马上就好。

我也扯着嗓子喊：“妈妈你偏心，你从小就惯他。”

“有本事你别吃啊。”

“呸！大年三十才回家的人没资格说这话。”

“一个月不给家里打电话的人就有资格了？”

年前我工作太忙，一直忘记给妈妈打电话，这家伙消息真灵通。

妈妈端着菜出来笑着说：“你别欺负妹妹。”

我马上告状：“丫就是嘴贱！”

他一骨碌爬起来，严肃地说：“妈妈，你能容忍自己有一个不孝的女儿，就不能容忍自己有个嘴贱的儿子吗？”

妈妈命运好悲惨的样子……

012 ///

去老凤祥买手链送给妈妈和我婆婆，挑的两条都不便宜，付款的时候突然想到F的小侄女也快百天了，于是又买了一个长命锁。

顿感自己荷包空了不少。可怜兮兮地跟观潮说：“哥，妈妈的手链我们一人出一半钱好不好？”

“你还没睡醒吗？”

“你到底是不是我亲哥啊？”

“不是，你是捡来的，怕你自卑才没告诉你。”他一本正经地胡诌。

“呸，你还是充话费送的呢！”

“你是刮刮乐的末等奖。”

“你是买牙刷的附赠品。”

柜员扑哧一笑，“你们兄妹感情真好。”

“谁跟他（她）感情好了？！”我俩异口同声。

013 ///

六年级时我得了一种很奇怪的病，叫脊柱侧弯，正常人的脊柱是一条直线，我的脊柱不幸变成了S形。是突发性的，至今没查出病因，属于天灾人祸吧。

虽然现在我可以笑着说出这些，但那时候真的特别特别绝望。因为生病，我的整个身体严重变形，心肺被挤压，继续恶化的话还有可能瘫痪。

而做手术需要很大一笔钱，家里拿不出。

我对那段时间最深刻的记忆是每天都会躲在被子里哭，又不敢发出声音，哭完了第二天起来继续装开朗，装不在意，因为怕妈妈伤心——她已经够自责了。

我每晚都失眠，失眠的主题是如何自杀。有一天晚上，观潮突然爬到我床上，很认真地跟我说：“你知不知道，跳楼除非正好脑袋冲下，脑浆迸出来才会立刻死，好多人都是摔断骨头摔破内脏，在地上挣扎很久眼睁睁看着自己的血流光才能死掉的。”

他滔滔不绝地讲了一晚上溺水、割腕、上吊……

身体和心理都背负着极大的压力，就这样熬了两年，妈妈东

一想到能和你共度余生，
我就对余生充满期待。

拼西凑攒够了钱，我终于上了手术台。

我终于松了口气，却不知道这个手术的风险其实很大，医生说不排除术中死亡的可能性，妈妈是哭着签的术前协议。

开刀后我在ICU待了八个小时，观潮说那是他这辈子最煎熬的八小时。他说那时他站在医院的楼道里，很认真地想，要是我没挺过去，他就把名字改成我的，替我在这个世界上继续活。

好在手术很成功，我至今能蹦能跳。

有个细节我记得很清楚。为了引流手术残留的血垢，医生在我脊柱旁边埋了一根30多厘米的引流管，手术十天之后要拔出来。

我是很能忍痛的人，拔的时候一直咬着牙忍着，很清晰地感觉身体里那根管子擦着骨头一寸一寸地移动，疼得浑身都在发抖。观潮一直在旁边握着我的手。大概有十分钟，引流管终于整根拔出来了，观潮还握着我的手，我叫他松手，他没反应，我抬头，第一反应是以为自己看错了。

他居然哭了。

他低着头，肩膀一耸一耸地抽泣，手还握着我的手不肯放。

后来我总拿这事儿损他，我说你太丢脸了，当着那么多人呢，你一大男人居然哭了。

我以为他会像平时一样嘴贱反击，谁知他说："是啊，妹妹太要强，哥哥什么都帮不了，只能帮她哭。"

不管有多痛我都扛下来了，怎么他一句话我就鼻酸得厉害呢？

眼前人是心上人

NO.4

高考结束的那个暑假是我迄今为止最难熬的一个时间段。F在那个时候去了英国，我俩开始了长达四年的冷战。冷战的原因说来好笑——他跟我表白，而我拒绝了他。其实也算不上表白，F君闷骚又傲娇，连表白都特别婉约。

吃散伙饭那天，我心情很差，因为刚刚得知F要去英国，而我是从别人口中才得知的，他之前一点都没跟我说。几个男生说上了大学第一件事就是找女朋友，大一结束之前必须要有初恋，我们的逗比班长还很有工作效率地迅速成立了“初恋终结小分队”，F也被列为队员。

结果F特别淡定地说：“我已经有初恋了。”

他说这话的时候眼睛是看着我的，大家先是起哄，然后顺着他的目光看到呆若木鸡的我，顿时安静了。

我当时觉得特别气愤，你都要走了，现在说这话是什么意思，逗我玩吗？我冷着脸回答他：没有，初恋是两个人的事。

这估计是我这辈子说过最狠的话。

他与我对视了几秒，然后低头，不再说话。后来有人换了个话题，大家就都没再提这一茬。结束之后大家作鸟兽散，各自回家，不知怎么就剩我们两人，他陪我在路边打车，我能感觉出来他在生气，车来的时候，我故作轻松地跟他说："到了那边保持联系呀。"

他面无表情地说："不会再联系了。"

他真是言出必行。那之后的四年，他没再主动找过我，我给他留言，他也没再回过。

我知道很多人不能理解我为什么会拒绝他。我很认真地想过这个问题，起初觉得自己是赌气，气他走这么远，竟然都没有告诉我。

但假设他不走，留下来，那我会接受吗？

好像也不会。

遇到自己喜欢的人，反而小心翼翼不敢更靠近他，我不太明白自己这是什么心态。后来我看了一部电影，男主角问他的老师："为什么我们总爱上那些不在乎我们的人？"

他的老师回答："因为我们总觉得自己不配得到更好的爱。"

恍然大悟，是的，我觉得自己不配得到他的爱。

我性格里有种根深蒂固的自卑。小时候大人们总拿我跟哥哥比较。观潮很聪明，我处处都比不过他。再长大一些，又突然生病，总觉得自己是家里的累赘，对未来毫无指望。青春期懂事了，开始察觉到自己家庭的与众不同，单亲家庭让我变得懦弱又敏感。

?
D

16岁时我们共用一个课桌，
胳膊与胳膊相距不过十厘米，
我的余光里全是他。
26岁时我从清晨醒来，
侧头看到阳光落在他脸上，
想与他就这样慢慢变老。
也许这就是爱情吧。

有一回去F家玩，彻底懂什么叫自惭形秽。

倒不是说他家经济条件有多好，而是那种家庭氛围让我羡慕，开明，和谐，父母相爱。我记得他家客厅有一面很大的落地窗，亮堂堂的，当时我就想，在这个家里长大的孩子，一定光明坦荡。

那大概是他第一次带女孩子回家，他妈妈表现得很友善，饭桌上问起我家的情况，问我父母是做什么的。

真的只是无意间的一个问话，却让我感受到了前所未有的窘迫。

我已经不记得当时是怎么回答的，也许慌乱地撒了个漏洞百出的谎吧。

临走时他妈妈送了我一罐她自己做的玫瑰饼干，和善地说下次再来。

我也笑着点头答应，但我知道我不会再来了。

我很喜欢他家，喜欢那个落地窗，也喜欢他妈妈，但我不会再来，因为抬不起头，会羞耻。

是啊，世上最肮脏的莫过于人的自尊心。

我的青春期就是这样——自卑，拧巴，敏感。

很长一段时间，我都不明白他为什么喜欢这样的我。

我们就这样一直没有联系，后来大学毕业我在长沙工作。母校六十年校庆的时候我回了趟老家，和高中同学聚会，才知道F也回来了。

班长给他打电话，说："我们在XXKTV你来不来？"我有预感他会来，果然，没多久班长就出去接他了。

我紧张得要命，坐立不安，最后很怂地躲进洗手间。

我在那里磨磨蹭蹭了十多分钟，各种心理建设自我安慰。然后整理头发，深呼吸，推门进去。

人群里我一眼就看到他。

特别奇怪，我们四年没见，KTV里灯光那么暗，人那么多，他也没有坐在最中间，但我进门第一眼就看到了他。

他头发剪短了，穿着我记忆中没见过的黑色毛衣，瘦了很多，也成熟了很多。

他抬头，与我对视了几秒，然后漠然地转移了视线，完全没有要和我打招呼的意思。

因为没有空位，我只好悻悻地坐到点歌机旁边，低头点歌假装自己很忙。F坐在隔我两个人的位置。

自打他出现后，我就手脚都不知道该放哪了，心里乱作一团。我得给自己找点事做，假装自己不是很在乎他的存在。正好桌上有听可乐，我看到救星似的拿起来，抠了两下没拉开，只好尴尬地默默放回去。

谁知我刚放下，那罐可乐就被人重新拿起来，啪一声打开了。

是F。

他一边神色自如地把可乐打开，放到我面前，一边侧着头跟旁边的人说话，整个过程甚至都没看我一眼。

我突然很想哭。

说起来很有意思，我跟他绝交的时候没有吵架，和好时没有大哭，在一起时没有告白，后来结婚也没有正儿八经的求婚，都是自然而然地发生了……好像我们都知道它会发生，只是这一刻到来了而已。

那次之后我们的关系缓和了一些，开始恢复联系。他去了北京工作，我在长沙。有一次他来长沙出差，我约他吃饭。

那天我从公司出来，远远地看见他穿了件黑色风衣，一个人在路灯下抽烟，秋风瑟瑟，他皱着眉头心事重重，背后是五光十色的霓虹灯，衬得他更加孤单。

我是后来才知道的。那段时间是他人生的低谷，应该是他最绝望的时刻，替上司背了黑锅，丢了工作，还欠了很多债，他常常失眠到深夜，用拼命工作麻痹自己，很多苦都只能憋在心里，没有人可以倾诉也不愿意倾诉。

那一瞬间特别心疼他，感觉他肩上有很重的担子，我却从来没有替他分担过什么，我甚至都不知道他什么时候学会的抽烟。

我绕到他身后拍了他一下。他看到我，眉头一下子舒展开，好像很高兴的样子，顺手把烟灭了。

那天我们聊了蛮多，大多是回忆和工作，对感情的事避而不谈。

一直坐到打烊，从饭店里出来，街上行人寥寥，还飘着小雨，我们都不急着回家，就沿着马路慢慢走。

我随口问了他一个问题，我说："有没有某件事情，你很确信你可以做到，从来没有怀疑过自己？"

他毫不犹豫地说："有啊，很多。"

我说："我跟你相反，我从来没有这种自信，对很多事情都没把握。"

他绕到我的左手边，让我走马路里面，低头说："那你现在记住，有一件事你可以确定——我永远是你的。"

他说得云淡风轻。

后来，我就决定辞职去北京。

当时我在一家报社干了一年，我领导叫老胡，在业内很有名，经常在大会上指着我的鼻子骂我，然后熬着夜帮我重新整理采访计划，还会在我忙得鸡飞狗跳的时候拉我去楼道口陪他抽烟。他教育我要永远保持理想和情怀，他是个很好很好的人，我一直把他当成我的恩师。我决定辞职去北京，他第一个反对。

“你犯什么浑？”

“我没犯浑。”

“你去北京干吗？”

“我年轻，我要去开拓更广阔的天地。”

“你放屁。”他骂我。

我只好说实话：“读书的时候有个特别好的男生喜欢我，我觉得人不能太自私，他为我走了九十九步，我也应该为他走一步。”

他不客气地问：“没这男的你会死吗？”

“死倒不至于，但肯定会遗憾，我长这么大第一次觉得有人值得我拼命去珍惜，我不想再失去他。”

他便不再说话，闷头抽白沙，我就记得他在那个烟雾缭绕的房间里冲我挥了挥手，说：“滚吧，后悔了再回来。”

我就这么拖着箱子滚来了北京，至今没后悔。

这些年我变化很大，慢慢变得开朗、自信、有趣。学生时代的我不是这样的，那时的我是很不起眼的女生——永远都穿着肥大的校服，戴厚厚的眼镜，每天扎马尾，把头发披下来和举手发言都需要很大勇气。

后来我离开家独自去外地读大学，结识了一帮死党，都是非常鲜活有趣的人，工作后接触了形形色色的人，抛弃了年少的自卑心步向成人社会，从小跟班干到能独当一面。很多人都说成长残酷，恰恰相反，我觉得成长是这世界上最最美妙的一件事——永远有希望，永远不怕输，那么多的绚烂风景，只有长大才能摸得到。

F没有在我身边的那段时间，我弄明白了一件事——

问题不在他为什么爱我，而是我究竟值不值得被爱?

我很赞同林夕的观点，喜欢一个人，就像喜欢富士山，你可以看到它，但是不能搬走它——你唯一能做的，就是自己走过去，去争取自己的爱人。

这个道理我花了这么多年才明白，好在那个我以为一辈子都不会原谅我的人，一直站在原地等我。

所以我说，遇到F，是我这辈子最幸运的事。

我最不懂事的时候曾经对他说，你走吧，你会找到更好的人。

他回了一句让我至今震撼的话，他说："我从来不想要什么更好的人，我只想要眼前的人，你究竟什么时候才会懂?"

是的，我现在懂了，谢谢你始终没有抛下我，谢谢你有足够的耐心，去等一个女孩慢慢长大。

海底月是天上月，眼前人是心上人。

我

亲爱的郝五一

NO.5

001 ///

郝五一是我闺蜜，高中同学。她生在五月一号，知道她名字由来的人都会说你爸妈也太省事儿了，郝五一长叹，是啊，幸好我没生在三月八日。

据说郝五一小时候生了场特别大的病，差点没命，所以她爸妈对她在学习上没什么要求，只要她身体健康能蹦能跳就行，郝五一也特别争气，大大小小的考试从来没跌出过倒数前三名，发挥很稳定。

她爸也不着急，总说没关系，以后爸爸交择校费让你进X中。我们那代小孩都是听着“进了X中就等于一只脚踏进重点大学门槛”的教导长大的，但是后来我们都发现能不能考上大学跟这只脚没多大关系。

郝五一放心大胆地玩了三年，中考那年教育局突然改革，规定不准交择校费，按考分决定进什么学校。他们全家都傻眼了，她爸托了半天关系也没辙，直到后来我们校长巧立名目改收“建校费”，郝五一才跨进X中大门。

002 ///

刚进校时我压力特大，初中我还能混个前十，来了这里才知道人外有人，举目四望皆是学霸，跟他们一比我渣都不是。

所以我对郝五一特别好，帮她买早餐，陪她做值日，吃饭把肉挑给她，让她深切地体会到了同窗之爱，时至今日她提起都眼泪汪汪。我实在没忍心告诉她，其实是因为我怕她会转学——有她在我至少不用垫底。

有一回考数学，我很没把握，郝五一坐我后面，交卷的时候她把卷子传上来，顿时我就震惊了，后面的大题她满满当当全写满了！我眼前一黑，心想完蛋了，这回我肯定倒数第一。

下课F同学去帮老师改卷子，回来对我说，“放心，你比她好点。”

我说你别安慰我，我看到她全写满了。

F同学满脸黑线：“她一道题没答，把题目抄了五遍。”

003 ///

我和郝五一都有小癖好，我喜欢搜集漂亮的包装纸，她喜欢搜集漂亮的笔记本。每个学期开学，她都会准备五六个新笔记本，特庄重地写上“语文笔记”“数学笔记”“英语笔记”等，每本认真记完五页就坚持不下去了，后面全部拿来画五子棋。

我们以前上课传纸条，交流各种八卦，大家都是用草稿纸随手一撕。只有郝五一，为此特别准备了一个传话本。

这个本子堪称我班八卦传记，详细记录了谁跟谁恋爱，谁跟谁分手，谁当了谁的小三儿……

后来这个本子不幸被班主任查获，班上所有秘密都被班主任知道了，大家恨不得掐死郝五一。

004 ///

有一阵子班上流行穿耐克的板鞋，空军一号那一款，好像是四百多块钱一双。这种时候我就万分痛恨自己不是独生子女，妈妈预算有限，我知道她挣钱不容易。观潮嘴甜会撒娇，缠着妈妈先给他买了，我就不太忍心再要一双。

说心里不介意那是假的，十六七岁正是虚荣心最强的时候，看到别人脚上穿的名牌而自己穿的是几十块钱的杂牌，感觉说话都没底气了。

有一天上体育课，自由活动时女生们围在一起闲聊，大家聊到耐克新出的板鞋，然后发现，全班几乎人人都穿的是耐克或者阿迪。突然有一个女生说，没有啊，乔一就不是。

又有人指着我脚上的鞋问，你那是什么牌子？

那一瞬间仿佛自己做错了事被发现一样，我满脸通红，不知道该怎么回答。

旁边的郝五一买了根棒棒冰，顺手掰了一半给我，坐下来大大咧咧地说："我妈说耐克鞋硬还死贵死贵的，坑的就是我这种败家玩意儿。"

说得别人脸上讪讪的。

那之后她就很少再穿耐克了，整天和我一起穿杂牌鞋撒欢。

有一年郝五一过生日，我给她送了双鞋，那晚喝多了，我跟她说我一直都记得当年她替我解围。她瞪大眼睛，忘得一干二净："真有这事儿？我怎么一点都不记得了？哦对！我妈确实骂过我是败家玩意儿，这个我记得特别清楚。"

有些人充满戾气和恶意，是因为他们从未被人温柔相待过。我相信自己能始终温柔，是因为年少时遇到了善良的人。

005 ///

我们学校有两套校服，一套蓝色一套红色。有一回教育局的领导来视察，班主任再三强调必须统一穿红色校服。也不知道郝五一是没听见还是忘了，总之周一一来，全校都红彤彤的，只有她一个人穿的是蓝色校服，站在队伍里格外显眼。

班主任气得在走廊上把她臭骂了一顿，“就因为你我们学校不能评优秀了，你就是耗子屎坏了一锅汤，要给你记大过……”

郝五一再怎么大大咧咧也是个女孩子，当着这么多人被骂，一直低着头努力忍着不哭。我想安慰她，但犹豫了一下，因为之前我俩大吵了一架，具体是为了什么我现在已经记不清了，就记得跟闺蜜绝交的伤心一点也不亚于跟恋人分手。

那天下了第一节课突然通知去楼下集合，大家都猜肯定是因为校服的事校长要训话，郝五一吓得脸色发白。班主任赶着大家去楼下排队，班上只剩下我了，就在那一刻，我做了个决定——为了朋友，决定一起受罚。

我换上了蓝色的校服走进队伍里，F特别吃惊，因为我穿的是他的校服，他经常懒得把衣服带回家，校服都塞桌箱里。

郝五一看到我，愣了一下，然后哇的一声就哭了，哭得特响亮。看见她哭我也哭了，可能是害怕自己真的也会被记大过吧。如果是电影，这时候要是来个俯拍，画面中就能看见一片红彤彤的海洋里，两个小蓝点面对面哇哇哭，跟神经病似的。连主席台上训话的校长都停下来，目瞪口呆地看着我们俩。

当然后来我们没被记过，只被罚打扫了一个月卫生。郝五一跟我说，那是她长这么大最丢人的一次经历，却因为我让记忆无比温暖，那时候她就觉得，我一定是她一辈子的朋友。

006 ///

郝五一特别偏科，数理化三科加起来还没语文一科高，升高二那年学校据传要分重点班次重班平行班，郝五一开始着急了。

F君是乖宝宝，必须按时回家，我把观潮拉来给郝五一补习，然后我的噩梦开始了……

通常情况是这样的：

观潮扔出一道题。

郝五一还在读题目。

观潮已经刷刷刷写完答题思路。

郝五一：“你写啥？我根本看不懂。”

观潮：“这都看不懂？！我已经写得很详细了。”

我伸头一看，靠，答题步骤需要五步，观潮大爷直接从第一步跳到最后一步，完全看不懂他那个答案是从哪算出来的。

后来我们总结，观潮有他自己的思维，只有他自己能理解，而且我们还不能说他，说了他就生气摔桌子走人骂你们蠢死了。

通常这种情况我就闭嘴，按我以往的经验，跟他吵架耗时耗力胜算还很少。但郝五一不同，郝五一是永远不会服输的，跟头斗牛似的噌一下就上去了，两人吵得天翻地覆各种人身攻击，就在我以为他们会绝交的时候，这两个人居然又坐回去一边抄一边研究如何从第一步算到第五步。

这也是一种特殊的相处模式吧。

007 ///

观潮从小跟我一起长大，他没什么性别概念。有一回我、

F君、郝五一和观潮一起回家，我和F君走在最前面，观潮在中间，郝五一在最后，走到一半郝五一突然停下来喊我。

“乔一，你有没有带那个？”

“什么？”

她做了个口型。

我一头雾水。

观潮说：“卫生巾。”

“什么？”我没听清。

“郝五一问你有没有带卫生巾，她大姨妈来了！”观潮嗓门无比洪亮地说。

郝五一瞬间石化，连万年冰山脸F同学也脸红了……

008 ///

郝五一有个青梅竹马的男朋友，比她大四岁，在读大学。他们父母的关系特别好，有时候还直接互称亲家。大概也是因为有男朋友宠着，郝五一一直没心没肺大大咧咧，可是高一那年，男生突然跟郝五一提出了分手。

郝五一很伤心，整个人都瘦了一圈，魂不守舍了半个月，有天晚上她突然打电话给我，说明天要和男生好好谈谈，最后神神秘秘地问：“你会化妆吗？”

我当然不会，问她为什么要化妆。

她说：“我要以最美的样子出现在他面前。”

于是第二天郝五一偷了一堆她妈的化妆品跑我家来，我们折腾了一上午，化了个自以为很美但其实丑得没法看的妆，我赞美她是中国帕里斯，她夸我是大陆桂纶镁。一旁的观潮听不下去了，说你们女生的友谊真虚伪。

我说你懂什么，要闺蜜来干吗的？就是为了满足虚荣心的啊！

中国帕里斯去跟男朋友谈判，过程我不清楚，总之最后郝五一哭得撕心裂肺不肯回家，男生从她手机里找到我的电话，我拉上观潮去接她。

还记得当日月黑风高，我们在河边找到郝五一，她一把鼻涕一把泪，披头散发，脸上的妆晕成了调色盘，据观潮回忆，当时他吓得腿一软，以为是哪里冒出来的河童。

009 ///

男生后来提了一个特别无理的要求，他说，只要郝五一在他生日之前叠九千九百九十九颗幸运星送他做礼物，他就答应和好。

可距离男生生日只剩不到一周了，郝五一每天都在叠，我也帮着她叠，后来坐在我们周围的女生知道了这事，也主动帮忙叠，最后不知不觉竟发展成差不多全班都在叠！少数几个手笨不会叠的（比如F同学）就帮忙数数，定时汇报还剩多少颗。

那一周太神奇了，下课铃一响我们全班静悄悄的，没有人出去玩，所有人都在埋头叠幸运星，一心一意地帮郝五一，大家都被这种莫名其妙的凝聚力感染了，仿佛是即将上战场，我们都是肩并肩的战友。

现在回想起这个画面真是诡异，静悄悄的教室里，每个人都低着头，嘴里念念有词，不知道的还以为我们班在集体举行某种祭祀。

终于在男生生日之前，我们全班凑齐了九千九百九十九颗幸运星，郝五一买了个超大的花瓶，那天放学后，大家都没走，花瓶传遍了全班，每个人都把自己叠的幸运星装进去，最后回到郝五一手里，满满一瓶。

郝五一带着这瓶幸运星去找她男朋友，男生特震惊，当时提出这个要求其实是想让她知难而退，没想到她居然真的做到了。他们还是分手了，可郝五一说，很奇怪，抱着那一瓶幸运星回家的路上，她一点也不难过。

后来高三有个学长得了白血病，学校呼吁每个班搞义卖，把卖的钱捐献给那个学长。我们建议郝五一把那瓶幸运星卖了。义卖那天，我们全班和郝五一把一大瓶幸运星扛到操场上，引得众人侧目，简直拉风。

这瓶幸运星最后被我们班主任买走了，一直放在他的办公室。今年有同学回去看他，说那瓶幸运星居然还在。现在回过头想想，当年我们全班集体折星星，成为全年级一景，以严厉刻薄著称的他竟然睁一只眼闭一只眼，也许他也被我们感染了吧，那时青春年少的我们，单纯而充满热情，叛逆而天真善良，那真是最好的我们。

010 ///

某日和郝五一喝酒，郝五一同学相亲相了无数，但一直没定下来，我问她为什么，她说：“我有心理障碍。”

我：“啊？！什么障碍？”

郝五一：“喜欢上一个人总需要一点时间，而我又总是在这段时间里发现对方是个傻瓜。”

我：“哈哈哈哈，我跟你相反，我当初迅速嫁给F君就是担心他发现我是个傻瓜。”

F君在旁边歪着头听了半天，最后说：“难怪我一直觉得不对劲，原来是被碰瓷了……”

011 ///

郝五一现在在出版社工作，某日陪她去书店做调研，看到李安的书，郝五一啧啧感慨：“真想做一本名人的书啊，封面文案都不用写，放上作者名就能畅销。”

我说：“那倒是，你努力做一本张艺谋的书也是这个效果。”

“全中国想做张艺谋书的编辑多了去了，我抢不到。我倒觉得你和F都是潜力股，等以后你们出名了一定要把自传给我做。”

“我这么不求上进，指望我是不可能了。”

“当然没指望你了，F出名就行了呀，到时候你的书就是知名企业家F先生第一任发妻的首本传记。”

“等等，为什么是第一任？他还有第二任吗？”

“这就说不定了，钱赚多了受到的诱惑就大，我打算把他的一二三四任都出自传，做成一个系列，绝对畅销。”

“再见，我打算现在就和你绝交。”

012 ///

我和F决定结婚，别人都对我说百年好合，只有郝五一握着我的手郑重其事地说："亲爱的，你做什么我都站在你这边，就算你要逃婚我也给你买跑鞋。"

F君瞪了她无数眼。

她是我的同学、闺蜜、伴娘、孩子的干妈，到了八十岁我们还是养老院的床伴，每天坐在轮椅上看帅哥，她是我最最亲爱的郝五一。

一

辈子很长，要跟
有趣的人在一起

NO.6

001 ///

去年冬天我莫名其妙长了湿疹。

去医院开了一堆药，医生嘱咐我要忌口，不能吃海鲜，不能喝牛奶，不能吃鸡蛋，不能吃牛羊肉，不能吃辣椒……

顿时觉得生无可恋。

“活着还有什么意义，人生在世，不就是为了口吃吗？”

F君瞪我一眼，“瞧你那点出息。”

在F君的监督下，我们家简直可以去申请绿色环保单位，餐桌上绿油油的全是蔬菜，吃得我眼睛冒绿光，他看我可怜，终于松口准我吃猪肉。

当晚炒了一盘鱼香肉丝，吃得我眼泪都快下来了，由衷地说：“我觉得这个世界上让人看了就会幸福的字就是肉。”

过了一个冬天湿疹终于好了，小腿上的伤口被我抓破留了疤，夏天穿短袖时朋友问怎么回事。

我看了F君一眼，可怜兮兮地说：“因为我不乖，被家暴了。”

他愣了几秒，马上板起脸说：“不是警告过你不准说吗，回去再打一顿。”

哈哈哈哈，我没忍住笑场了。

002 ///

我跟F结婚那天他被灌了不少，主要是他一直护着不准我喝，我的酒全让他代了。

敬酒的时候他一直牵着我，牵得特紧，我笑着说你担心我会跑吗。

他严肃地点头，是啊，好不容易骗到手。

我说你放心吧我不会跑的，除非周杰伦来抢婚。

后来这家伙喝多了，一改往日的冰山形象，端着酒晃晃悠悠地说："今天我高兴，在座的有谁能帮我带个话，鄙人由衷感谢蔡依林侯佩岑，你们要跟周杰伦好好过……"

底下一群人，包括我，饭都喷出来了。

003 ///

结婚前闺蜜们给我搞了一个单身聚会。F经常骂我人来疯，真的一点没错。一大堆好朋友聚在一起我就特别高兴，一高兴就主动找酒喝。记忆中那晚我好像不断地跟人碰杯，红酒啤酒鸡尾酒香槟各种喝。最后我毫无悬念地喝到断片儿。

第二天昏昏沉沉地睡到下午四点，起来我问F君："我昨天是不是喝多了？"

他点头。

"我……没丢人吧？"

他："不堪回首。"

"我做了什么？"

"拿着话筒对服务员喊把你们这儿最漂亮的姑娘叫来，逼着每个人夸你漂亮，对着周杰伦的照片说对不起下辈子一定先嫁给你……"

我把头往枕头下钻，实在是没勇气再听下去。

"不过最丢人的不是你，是观潮。"

"啥？！"

“我们好不容易把你哄回家，你突然抱着观潮哭。”

“为什么？”

“你一边哭一边对他说对不起，说以前最爱的男人是他，现在你不能再爱他了。”

F憋着笑继续说：“观潮拼命跟旁边的人解释他是你亲哥，别人看他的眼神就更奇怪了……”

004 ///

我总分不清“N”和“L”的音。

每次说“铁板牛柳”我都会说成“铁板柳柳”。

这是某人永恒的笑点，他无聊的时候就爱逗我：“你说铁板牛柳。”

我不服气啊，怎么可能一直说错呢？于是很配合地说：“铁板柳柳……”

说完就知道自己又错了，他哈哈笑半天。

我也不知道笑点在哪里。

005 ///

F君有个侄子，是个少年老成的小学霸。我每次看到他就仿佛看到童年时代的F君，忍不住想调戏。

“听说你把牛津校训贴在床头？”

小学霸告诉我：“现在换成哈佛了。”

“不去英国了？”

小学霸一板一眼地说："英国水质太硬，在那边待久了容易秃顶。"

我默默看了一眼F君。

小学霸趁机向他的男神表白："但是很喜欢F叔叔的学校。"

F摸摸小学霸的头，"嗯，有品位。"

"我妈妈说F叔叔的专业很难考。"

我逗他："也没那么难，主要看脸。"

小学霸不可思议："你骗我吧？"

我一本正经："会有面试的，教授看谁好看就招谁。"

"真的假的？！"

"当然是真的。"

小学霸的人生观遭到极大颠覆，转头眼泪汪汪地问F："真的靠脸？"

F同学沉吟片刻道："也不全是。"

他面不改色地说："偶尔也会猜拳。"

……

他这几年是真的被我带坏了，他以前是个多么正（wu）经（qu）的人啊。

006 ///

我有个怪癖，上厕所的时候一定要看书，F君调侃我"毕业之后接受文化教育的地点就从学校换成了马桶"。

有一回太急了忘记拿书，我愣是把洗发水的使用说明逐字逐句看完了。

出来我跟他说能不能在马桶旁边放个书架。

他白了我一眼，“不可能。”

“谁规定卫生间不能放书架？”

“我规定的。”

“这事儿没得商量？”

“门都没有。”

我脑子一转，说：“我想到一个两全其美的方法。”

他冷哼一声：“你是想说不答应你就在书房里放个马桶吗？别做梦。”

他慢条斯理地补充：“你心里打的那点算盘我隔两条街都听得到。”

气得我生生把话咽了下去。

他还真猜对了……

007 ///

上星期陪他参加饭局，他们公司的大BOSS在席，我不敢造次，全程低眉顺眼。

大BOSS不知道从哪里得知我大学读的是中文专业，要求我给他女儿开个书单。

“我女儿看的那些书，男男女女只知道谈恋爱，他们都不需要工作吗？没有社会压力吗？简直胡闹。”

我心虚地点头称是，并睁眼说白话地表示：“我平日都看严肃文学。”

转而与之讨论司汤达的创作模式和维多利亚时期的小说特点。

一顿饭吃得仿佛回到论文答辩现场。

回去的路上跟F感慨：“你们BOSS真难伺候啊。”

“他爷爷是XXX。”

我倒吸一口凉气，那可是文坛泰斗啊！我小时候还背过他老人家的文章。

“那我刚才岂不是班门弄斧？！”

“也不是，不过……平时只看严肃文学？昨晚熬夜看言情小说的是谁？”

我面不改色：“不知道呢，也许是你小老婆。”

008 ///

F君在我们家别称算命先生，他什么都能算准。我要去X市参加朋友婚礼，因为贪便宜定了早上七点的机票。F君在外出差，听说此事后对我表示相当不信任。

“七点的飞机，五点半就要出门，你起得来吗？”

我信心满满：“放心吧，没问题！”

结果，当天晚上临时加班到两点才睡。

凌晨接到F同学的电话：“起床了。”

我：“现在才五点……”

“你昨晚熬夜？”

“别说话我抓紧时间再睡十分钟……”

迷迷糊糊挂断电话，再睁开眼睛已经7点半，万念俱灰地告诉F君。

“我起晚了。”

“知道。”

“我去改签吧……”

“已经帮你改好了，九点四十五，去机场不堵车的话三十分钟，你现在起床还能吃个早餐。

“PS.我早料到会如此。”

我：“算命先生，请受我一拜！！！”

009 ///

睡前我问他：“你喜欢我什么？”

他张口就来：“善良，体贴，有趣，独立，性格好，有品位。”

“还有呢？”

“漂亮。”

满分！我夸他诚实，亲一口关灯睡觉。

半夜突然惊醒，不对啊，这根本不是我，丫是不是在外面还有一个老婆？！

010 ///

他的工作需要长期出差，又不放心我一个人在家，临走前我帮他收拾行李，他突然很孩子气地说：“你跟我一起走吧。”

我说不要。

因为是早上的飞机，第二天我醒来他已经走了，我迷迷糊糊地起来喝水，看到他在冰箱上贴了张纸条，走近一看，上书：

“不要给陌生人开门。”

我一口水喷出来，天雷滚滚地给他打电话。

“你把我当三岁小孩了吗？”

“你是三岁小孩就好了，我去哪都把你带在身边。”

我很喜欢搜集明信片，所以他每去一个地方都给我寄一张明信片回来。

不久我就收到了好几张，但收信人分别为：王建国、李胜力、王自强。

我又天雷滚滚地给他打电话，他理直气壮地说：“为了让邮递员知道家里有男人。”

然后过几天我在淘宝上买东西，快递给我打电话，开口就喊申大勇。

果然，这家伙把我收件人姓名也改了。

F同学，不知你是否考虑过，让别人以为家里经常出入不同的男人，情况更加危险好吗？

011 ///

有一晚我俩为了一点小事吵架，睡前闹得不欢而散，躺在床上谁也不理谁。第二天一早他要赶飞机，四点就起床。我没睡着，感觉闹钟响了一声他很快按断，然后灯也没开，蹑手蹑脚地抱着衣服出去。

我以前还纳闷为什么每次他走我都没察觉。跟我吵架拒绝和我说话的人是他，为了不吵醒我，每回都摸黑去外面换衣服的也是他。

012 ///

我喜欢吃水果，尤其是樱桃，心心念念等到上市，买了两斤打算一边看电视一边吃。

回到家第一件事就是把樱桃洗干净，放进新买的玻璃碗里，喜滋滋地端进客厅，正好电话响了，我顺手把樱桃塞F手里转身去卧室接电话。

等我打完电话回来，碗里居然空了。

我怒了："谁让你吃的！！！！"

"不是给我的吗？"

"是我的！你最多只能吃三颗！"

正好刚在电话里跟人学了个词"友尽"，我立刻对他说："再见吧，十年友情走到尽头。"

他酸溜溜地说："原来我们的情分还不如两斤樱桃。"

第二天他下班提了一大袋樱桃回来，我立刻喜上眉梢，心想这家伙真懂事。

晚上吃完饭，我看着他慢悠悠地端了一大碗樱桃出来，坐下，开电视，然后……然后就自己一个人抱着吃了……

我等了半天没忍住，伸手说："我也要。"

他仿佛才看到我，恍然大悟似的，慢条斯理地从碗里选了三颗递给我。我不解。他不慌不忙地解释："我们的情分只值三颗。"

我愣了几秒才反应过来，F同学，你同事知道你这么幼稚吗？！

013 ///

F同学其实是非常懂如何哄我开心的，证据之一就是昨天我跟他说："其实我特别好哄，我又不刷你的卡也不买包包，你只要使劲夸我就行，娶我是不是很划算？"

他斩钉截铁地打断我，"不，我看中的只是你的外貌，要不是你长得好看我早就离婚了。"

我立刻心花怒放，表示亲爱的你晚上想吃啥我都给你做！

014 ///

经常被他骂笨蛋，我好像也就接受这个称呼了。有一天跟朋友约了吃饭，我俩出门晚了，绕了几圈都找不到停车位，正急着呢，前方突然有个空位，我赶忙催他："快快！就那了！"

"那是残障人士专用的。"

我脱口而出："没事儿！我脑残！"

说完我自己都愣了，他趴在方向盘上笑得擦眼泪。

015 ///

我看书的时候喜欢在旁边信手批注，想到什么写什么。有一回看《左传》，提到春秋时文姜跟亲哥哥乱伦，齐国皇帝为了她直接把鲁国皇帝杀了。我在旁边批注：五湖四海皆兄弟！

过几天再去翻，发现某人在下面加了行字：天下流氓是一家。

他以前挺正经的一个人啊，怎么现在这么不正经了？

想和他出去玩，趁着他心情好抱着他卖乖：“老公，你知道今天是什么日子吗？”

他心情果然很好，特配合地问：“什么日子？”

我说：“是我们结婚587天纪念日！”

“所以呢？”

我谄媚地笑：“你是不是该表示一下？”

他白了我一眼：“只有养猪才会记录安全生产的天数。”

我被他噎得哑口无言，坐到一边生闷气。

他憋着笑说：“想要什么就直说吧。”

我说：“谁稀罕。”

“给个面子，就当为我庆祝。”

我没好气：“庆祝什么？”

“庆祝我安全养猪587天。”

他笑眯眯地拍拍我的头。

三件小事

NO.7

001 ///

深夜突然想起几件事。

大二时一个高中同学来长沙找我玩。

聊天时她说：“我一直以为你读C大是因为F。”

我说没有啊，问她怎么会这么想。

她说：“你不知道吗，C大跟F的学校每年都有交换生。”

我知道，刚进校就听说过，但我从来没在意过。

“当时我们填志愿，F突然来找我，问我哥是不是读的C大，现在在英国做交换生，我说是啊，C大每年都有名额。他跟我要了我哥的MSN。当时我还以为是他想报C大，后来才明白过来，他是替你问的。”

我愣了：“可是他从来没跟我说过这些。”

“也许是不想给你压力吧。”

当时我大脑一片空白。

我的志愿填得很纠结，不像观潮和F，填最好的学校就是了，我的成绩不上不下，反而最难选学校。现在回想起来，我志愿里所有的学校都是F翻着书给我找出来的。

直到那一刻我才明白，其实很早以前，早到我还在瑟缩着逃避着将他推远的时候，他就一声不吭地，把我计划进了他的未来。

成长最遗憾的部分在于，我们总在最无知的年华遇到最好的人，却不自知。

002 ///

第二件事。

我是个反射弧很长的人，他走之后我没有特别去想他，事实上没有他的这段大学生活我过得特别充实快乐，交了一帮开朗有趣的朋友，至今仍很怀念那段时光。

有一天，我在图书馆看书，下午四五点的光景，我坐在靠窗的位置，阳光透过百叶窗照在我的书上，透明的光束下，我看到一句话：

“只是春光如此，却不得见你。”

回去的路上，那句话一直在脑海里挥之不去。从图书馆回寝室平时只要十分钟，那天我走了很远的路，一个人把学校绕了一圈。

太阳落山，我往回走。

最后一抹余晖留在地面，梧桐树在道路两侧被风吹得沙沙响，一切都平常，一切都很好，可是那个瞬间，我突然体会到了什么叫“能与人说的都不算孤独”。

脑子里一直回响着那句话，只是春光如此，却不得见你。

当时学校广播特别应景地放着张信哲的《白月光》。

白月光 照天涯的两端

在心上 却不在身旁

擦不干 你当时的泪光

路太长 追不回原谅

……

白月光 照天涯的两端

越圆满 越觉得孤单

擦不干 回忆里的泪光

路太长 怎么补偿

我听着歌词，忽然在路边哭起来。

那是他走了之后，我第一次因为这件事流泪。我很能克制自己的感情，也很擅长忍耐，可是那一刻真的觉得自己无法再克制下去了。我发现自己有那么那么多话想对他讲，想告诉他，我现在很快乐，我没有特别自卑了，我的生活轻松愉悦，每天都努力让自己变得更好，我去参加社团学生会各种选修课，一点一点变优秀，我对未来充满期许。现在的我是最好的我，如果你在我身边就好了。

只是春光如此，却不得见你。

003 ///

上面那两段写得心里难受，扣上笔记本电脑回头看他。

他已经睡了，刚才用新买的剃须刀把下巴刮了个口子，我恶作剧地给他贴了张海绵宝宝的创可贴。

我爬上床轻轻在他耳边说："我们以后再也不分开了好不好？"

"大晚上发什么神经。"他睡意蒙眬地哼哼。

"先回答我嘛。"

他闭着眼睛给我盖被子。

"从遇见你那天起，就没想过要分开。"

和

摩羯男吵架
大概是这样的

NO.8

001 ///

读书时有一次跟他吵架，起因是什么我都忘了，总之我们很久没说话。暑假里有一天班长打电话给我，要去班主任家帮她过生日，让我联系F。

我就勉为其难地主动给他打了电话，手机关机，只好打他家座机，是他妈妈接的，说他不在家，去上海旅游了。

开学的前几天他突然打电话给我，问有什么事。

都过去一个多月了，这家伙的反射弧可真长！我突然想起上次他妈妈接电话的时候也没有问我的名字，问他怎么知道是我。

他说："我妈说打电话的是个女生，我们班只有你一个女生知道我家电话。"

突然就心花怒放，第二天还谄媚地主动给他买早餐，这家伙没明白怎么回事。

我真是个没原则的女人啊。

002 ///

把摩羯男惹毛是很可怕的，他们不会吵架，只会用一套完备的冷暴力系统将你扔到北极。具体可参见他对我长达四年的冷战。

后来我问他："请问F先生你是如何狠下心的？"

他冷哼一声："太轻易原谅你就不长记性。"

"你知道我有多难受吗？"

他叹气："我未必比你好过。"

003 ///

同事在办公室分享与女友吵架的正确步骤。

第一步：闭嘴。不管女友说什么都不能顶嘴，小不忍则乱大谋，如果忍不住吵起来，后面会有更大的麻烦。

第二步：认错，别问为什么，必须主动认错。

第三步：拥抱+表白，要紧紧拥抱住对方，注视着对方的眼睛，用你这辈子最诚恳的语气说："对不起，我爱你。"

我默默做笔记，同事说回去让你男人学吗？我摇头，不，是我学，回去哄我们家摩羯男。

004 ///

我跟F君说："F同学，有时候我觉得我们俩性别错位了。"

"哦？"

"真的，跟你比起来，我简直是个爷们儿。"

"何以见得？"

"你自己回想一下，我们俩谁生气次数比较多？"

"我。"

"这说明什么？"

"说明你经常做错事。"

"屁！证明你小气。"

有一回我俩吵架，吵完我去跟郝五一打电话，气愤地说："这次他真的太过分了！他说完那句话，我的血顿时噌噌往脑门上冲，差点被气疯。"

郝五一立刻问："那他到底说了啥？"

“他说……”我拿着电话想了好半天，“唉，我忘了。”

郝五一骂我：“你不是大气，你是健忘！”

我吸取经验教训，第二次他还和我吵，我大喊：“先等等！”迅速拿出手机，打开语音备忘录，把话筒对准他。

“好了，继续！”

他愣住，骂我有病，扑哧一声笑了。

005 ///

倒是真的认真吵过一回。

有一天逛街看中一条印花长裙，欢天喜地地试给他看，他摇头说不好看，不由分说拉着我就走，回到车上还数落我：“不是钱的问题，好看多贵我都给你买。”

“可是我喜欢，不好看怎么了？你就不能稍微纵容我一次？”

他特霸道地说：“你买裙子不就是穿给我看的吗？我说不好就是不好！”

我气得喊他停车：“不想和你说话！我要下车！”

只听“吱——”一声刹车，我差点撞上挡风玻璃，这家伙居然真把车停下了！

我硬着头皮开门下车，脚刚落地，他就一脚油门头都没回地开走了。

我那叫一个气啊，世上这么多男人，我怎么就找了个超级大男子主义的沙文猪。走了几步才发现我的包还在车上。旁边有个星巴克，我进去找人借手机给郝五一打电话，越说越委屈，眼泪吧嗒吧嗒掉。郝五一说别哭啊，不就一条裙子嘛，姐给你买两条，一条穿一条挂衣柜里看!

还是女人最懂女人。

没过多久郝五一来接我，第一句话就是：“你男人快急死了，给我打电话，说倒回去没找到你。”

我说让丫急，谁让他扔下我不管。

在郝五一家吃了晚饭，聊八卦看韩剧，到了十点，我说要回家。

“你俩不是在吵架吗？别回了，在我这儿睡吧。”

“不行，他明天出差，我得回去给他收拾行李。”

郝五一送我下楼，她家楼下路灯坏了，突然有灯亮起来，一辆车开着远灯给我们照路。我走近一看就乐了，这不是F的车吗。

他乖乖下车替我开门。

我问他：“你啥时候来的？”

他说：“刚到。”

郝五一说：“我跟他打赌，说你会在我家睡，他说不可能，一定要来接。”

我嘿嘿傻笑。

郝五一骂：“见色忘义的家伙，赶紧滚吧！”

我屁颠屁颠跟他回家。

我脾气来得快去得也快，每次刚吵完就后悔，抓耳挠腮地想怎么道歉，后来F跟我讲，其实他也是。

006 ///

他去参加大学同学聚会，问我要不要一起。

“不要吧，我都不认识。”

“没关系，他们认识你。”他说。

我就跟着去了，刚一落座，就有人指着我喊：“啊！就是你！”

我一头雾水，我怎么了？

“你qq头像是个兔子，对不对？”

“你怎么知道？”

他特得意：“小F天天都会去你空间，你那日志写得跟流水账似的，他每篇都一字不漏地看完。”

我特震惊地问F：“那你为什么从来不跟我说话？”

我可是每天都挂着qq等他呀！

“我还没原谅你。”他傲娇本性发作。

同学继续爆料：“他是死鸭子嘴硬。有天晚上看完你的日志，他提着酒跑来敲我的门，要我陪他喝酒。”

“哈哈哈哈，为什么啊？”

“还能为什么，知道你有男朋友了呗。老子第二天有考试啊，这鸟人拉着我喝了一晚上，最后就记得他抱着马桶吐了半天吐不出来，我走进去一看，酒都给我吓醒了……”

F冷眼一扫，打断他：“够了啊。”

那人还就真的不说了。

我听得正激动呢哪能就此打住，缠着要F说他在做什么。

他放下筷子，语气淡淡的：“我哭了。”

我脑袋“嗡”一下蒙了。

“我那天很伤心，从来没那么伤心过，把自己灌醉哭了一场，就这样，别问了，吃饭。”

他替我盛了碗汤。

我哪还吃得下去，盯着那碗汤恨不得一头栽进去。心里特别不是滋味，他以前总说，分开的那几年他比我难熬，我没往心里去，以为他说说而已，从来没有想过他在大洋彼岸每天都偷偷关注我，还因为我哭过一场。

回去之后我们很认真地谈过一次，他告诉我不用愧疚，事情已经过去了，我也没有做错什么。

话是这么说，心里还是觉得对不起他，于是对他格外殷勤，有求必应，在他面前说话都小声了两个八度。

后来有一天我突然想起来，不对啊，我从来没有在日志里提过男朋友的事呀。

我问他："我当时写了什么啊？"

"忘了。"

"你是不是看错了，我不记得我写过关于男朋友的事啊。"

这回他来劲了，"XXXX年X月XX日的日志，你自己去看。"

你刚刚不是还说忘了吗，要不要打脸打得这么迅速。

我去翻X月XX日的日志，挺普通的一篇流水账，放假在家陪我妈包饺子，为韭菜馅还是芹菜馅跟观潮吵了一架……无任何异常。

"哪不对了？"我问他。

"倒数第二段最后一行。"

"今年冬天比往常冷，也不知道男朋友在学校会不会被冻……"

我傻了三秒，把鼠标一摔："靠！那是我们室长捡的一只狗！取名叫男朋友！"

他也傻了，脸上表情风云变幻，"为什么会叫这种名字？！"

"随便取的啊，她还捡了一只猫叫梦露呢！！！"

“神经病啊！！！！”

“又不是我的错！！！”

“你写的时候就不能说明一下吗！！！”

“谁写日志还加注释啊！！！！”

“你故意的吧！！！”

“我哪知道你偷窥狂似的每天跑来看我日志啊！！！”

他憋了半天没说出话，站起来摔门而去，这回是真生气了。

……

晚上打电话给室长。

“你知道吗，你捡的那只狗引发了我跟我老公结婚以来最大规模的一次吵架……”

室长抱着电话笑了足足十分钟。

007 ///

我和他现在根本吵不起来，大多数时候他一句话就能把我噎死。F同学正经的时候那是相当正经，不熟悉他的人对他的评价基本上都是：严肃，严谨，一丝不苟。

每当有人这么说的时候，我就想抓着他的领子咆哮，你被骗了啊啊啊啊啊！

这家伙撒娇卖萌信手拈来，毒舌起来简直是台单口相声。

有段时间他天天加班，凌晨两点才回来。我说F同学你这是拿着农民工的工资操着董事长的心啊。

他躺在沙发上扯领带，拍拍我的头说：“乖，去给我煮碗面。”

我说：“你这还没当上董事长，就已经有董事长的派头了。”

他慢慢悠悠地说："我不是董事长，我是不懂事长。"

008 ///

和他参加同事婚礼，我出门前纠结该穿哪条裙子。

"这条怎么样？"

"太短，换成过膝的。"

"这个呢？"

"颜色不好看。"

"那我穿你喜欢的那条黑裙子。"

"你是去参加婚礼……"

"这个呢？"

"好看。但太喧宾夺主，新娘会不高兴吧？"

"那还是换回第一条。"

我去换衣服，听到他在外面长叹一声："真想不明白为什么有男人会去找外遇呢？明明一个已经够麻烦了。"

抓狂！到底谁麻烦啊！

009 ///

朋友认识一个据说算命很准的大师，大师看了我的八字，告诫我不要戴玉石器，要戴金近水。

我不懂什么是"金近水"，又不好意思暴露自己的无知，偷偷跑去问郝五一。

"金近水是什么啊？"

郝五一："你就不会加个逗号吗？！戴金，近水！说你五行缺水！"

我恍然大悟。

某人在旁边坏笑，"算得不准啊，你明明五行缺智力。"

我呸！

010 ///

最近掉头发掉得特别严重，我一边扫地一边哀叹："哎，我听说美国有对夫妇离婚，原因是男方实在受不了家里全是头发，你不会跟我离婚吧？"

他说："你放心，我要跟你离婚肯定不止这个原因。"

我："……"

一照镜子，发现自己秃得中分那根线都可以跑马了。去找发型师重新做了个头发，中分变成六四分，回家跟F君炫耀。

"你看！这样是不是好些了？"

他看我一眼。

"嗯，很快你头上就能跑两匹马了。"

他总是能迅速扯断我的理智线，留他活到今日完全是因为我做人太善良！

011 ///

朋友评价我和他都是非常非常理性的人。其实我跟他的理性不同。他遇到事情能够不慌忙，能够全面了解和分析，然后做出适当的方案。而我自己的理性来源于我对人对事有极大的宽容，我是典型的回避型人格，最怕与人争执，习惯了隐忍和退让，把“没事，没关系”挂在嘴边。

他第一次冲我发火，说：“你不高兴要说出来，别什么事都憋在心里！”

当时我被他吼得莫名其妙，后来才明白，别人只会夸你懂事温和脾气好，而只有真正在乎你的人才会关心你是不是受了委屈。

012 ///

F君是个工作狂，他完全分不清工作时间和生活时间，对他来说加班到凌晨很正常，出差一两个月不着家也是家常便饭，好不容易我俩都有假期，一起出去旅游，从早上八点起他就电话不断，拖拖拉拉不出门，说是有个重要邮件马上要收，我陪他等，一等就是三小时；去心仪已久的米其林餐厅吃饭，东西上来了，他把我扔在一边专心讲电话。

我忍不住发飙：“你要是再接一个电话我就把你的手机扔进海里！”

他自知理亏，终于答应把手机关机交给我，身在曹营心在汉地陪我玩了一天。

半夜醒来发现他居然不见了，我下楼去酒店咖啡厅找他。果然，这家伙坐在角落里抱着电脑看文件。

看到我他特惊讶：“你怎么醒了？”

“没收了电话你反而还升级了是吧。”

“我马上就好，你先去睡。”

我没了睡意，坐旁边陪他，他跟人打电话，似乎是很紧急的事情。

挂了电话他跟我说：“有件事想和你商量。”

“你要提前回去？”

他点点头，又立刻解释：“那边确实很着急……”

“行。”

他愣了：“就这样？”

“还能怎样？”

“你不生气？”

“有点生气，但也不是特别生气，想到你是去工作也就没什么好气的了。”

他来劲了：“那什么情况你才会生气？”

我认真想了想：“你要不是去工作而是背着我跟别的女人乱搞我才会真的生气。不过你都忙成这样估计也没时间，我才是有时间有精力去乱搞的那一个，这么一想，F同学你的婚姻局面相当危险啊。”

“……”

在我面前，
你可以不用坚强。

非/法同居

NO.9

001 ///

我俩虽然认识了很长时间，但毕竟没有正儿八经在一起过，等真正确定关系之后，才发现各种问题，比方说，这人的控制欲那是相当强。

我有个习惯，和别人一起进餐厅的时候我会先推开门，然后扶着门让别人先进。

跟他一起出去，我帮他扶了几次门，他不高兴了，“这种事情应该让男人来！”

好吧，你来。

我时间观念很强，约会基本都会提早二十分钟到。

他又不高兴了，“你可以晚点来，让我等你。”

好吧，我只好在家磨磨蹭蹭掐着点迟到个十分钟。

我们出去一切开销都是他付钱，我有点过意不去，抢着要买单，被他拦住。有一回我趁他去洗手间把单买了，他回来气得脸都绿了。

买了两瓶矿泉水，正准备拧开，看他眉头一皱，立刻假装娇弱，“我拧不开。”

他接过，啪一声拧开，插上吸管递给我，顺便拍拍我的头，看样子心情十分愉快。

男人有时候真是幼稚啊。

002 ///

以前一个学姐跟我说她刚来北京时特不适应。

“跟朋友约了五点半一起吃饭，三点就被拉着出门了，我还纳闷呢，怎么这么早？我们上了一辆公交，我就感觉那辆公交晃晃悠悠地开啊开，过了好几座桥，又过了好几条河，我都怀疑是不是要开到天津去了，好不容易下了车，朋友告诉我还要转两趟地铁，我当时就崩溃了，蹲在地上大哭，一边哭一边说，北京怎么这么这么大啊！”

我当笑话听，哈哈哈哈笑了半天。

来了才知道，真的，学姐说的一点，都不，夸张。

第一年他住海淀区，我住朝阳区，我们想见一面坐车得花两小时。

“我怎么感觉在异地恋？”

他点头，“我也这么觉得。”

没过多久他买了辆车。

“干吗浪费钱啊？”

“我怕你太辛苦。”

我十分感动。

但很快我们就发现，高峰期的北京如同一锅煮煳了的粥，车堵在路上根本纹丝不动。

他下班来接我吃饭，左等右等不见他来，我给他打电话：“你到哪了？”

“堵在新街口。”

一小时后，我又给他打电话：“到哪了？”

“还在新街口。”

再过了一小时，“到哪了？”

“新街口。”

“……”

眼瞅着夕阳西下，月上枝头，他打电话来：“在簋街走不动了，你坐5号线过来我们吃夜宵吧……”

——还不如一开始就坐地铁呢！

003 ///

从那之后，F 同学的人生就剩下两件事——挣钱，以及游说我搬去和他住。

“你搬过来和我住吧。”

“不要。”

“或者我搬过去。”

“不要。”

“给我个理由。”

“我妈不准。”

“你妈同意了。”

“什么时候？”

“中秋节我给她寄月饼时征求过她的意见，她说只要你愿意她没意见。”

“等等，你给我妈寄月饼？我怎么不知道。”

“你不知道的事情多了，别扯开话题，你搬不搬？”

“不搬，我不适应。”

“你早晚都要和我一起住的，要提前适应。”

“你真烦，说了不搬就是不搬。”

他终于消停了一阵，我以为他死心了。突然有一天，他扔给我一

那是我们第一个吻。

沓文件。

“这是什么？”

“可行性分析报告。”

是的，消停的这段时间他是去采集资料了，为了游说我答应同居，他从各方面分析了利弊，写出具体执行方案，甚至还有案例借鉴，做了柱状图，区域图，mekko图……

“如……如果我还是不答应呢？”

“我再做一个PPT。”

你真的够了！

004 ///

最后还是让他得逞了。

“这是我努力的结果。”

看他一脸得意，我实在没忍心告诉他，真实的原因是——跳槽后，我的新公司离他的公寓只有十五分钟路程，我掐指一算，这样一来每天可以多睡一小时呢。

立刻决定搬家！

005 ///

住在一起自然有很多生活习惯需要慢慢磨合。

我们面临的第一个难题是：他睡觉必须要开一盏夜灯，而我睡觉习惯关灯，有一点光都不行。

他为了迁就我主动把灯关了。

我看他一晚上翻来覆去睡不着，又爬起来把灯打开。

于是换成我整晚睡不着。

他心疼我，干脆抱着被子去睡沙发。

那段时间我俩都睡眠不足，神经衰弱啊，可是怎么办呢，习惯问题还真不是一两天能改的。

没过多久就是七夕，我们第一个七夕，我当然很期待，拐弯抹角地问他送我什么。

“你最需要的东西。”他说。

盼星星盼月亮等到那天，他递给我一个盒子，我小心翼翼地打开，顿时感觉头上一只乌鸦飞过。

我们住一起的第一个七夕节啊！！！这家伙送我的礼物是——眼罩！！！

“这样我们都可以安心睡觉了。”

……

好想打他一顿，谁也别拦着。

006 ///

又是一年七夕。

不巧那阵子我俩工作都很忙，周末一人抱台电脑狂加班。直到夕阳西下我站起来伸懒腰才想起来——今天是七夕！

跑去找他要礼物，他愣了，特无辜地说，“忘了，你怎么不提醒我？”

我气得挠墙，“我也忘了！”

我叫乔一。
有一个叫观潮的哥哥，
一只叫dollar的狗，
和一个叫丁君的恋人。

007 ///

F君说我“睡品”相当不好，经常裹被子，还把腿搭在他肚子上，害他一晚上睡不着。

我说：“如果我再这样，你就把我摇醒吧。”

我本来是想客气一下，谁知这家伙还真半夜把我摇醒了。

“你自己看，你霸占了多大位置。”

我一看，确实是，我整个人呈“大”字形占了整个床的三分之二。

诚心跟他道歉，倒头继续睡。

过了一会儿我被热醒，醒来发现自己裹着被子，某人可怜兮兮地蜷缩在床沿。

我小心翼翼把被子拉到他身上，企图掩盖自己的恶行。谁知一碰他他就醒了。我当机立断立刻装可怜：“亲爱的，我刚刚做了个噩梦，梦到我坐的轮船翻了，我掉进海里，特别特别冷。”

他说：“嗯，我也特别冷。”

我：“那我们真是心有灵犀呢，哈哈。”

他：“我冷是因为没被子盖，你冷是因为心虚吧。”

“……”

008 ///

在一起久了，发现F君有强迫症。

他钱包里的钱必须按面值排列并且同一面朝上；

东西要放在固定的位置——钱包和钥匙放在玄关，遥控器放在茶几左边抽屉，ipad放在电视柜上；

一切日用品都要用固定的牌子；

桌上一切有直线边的物品摆放要和桌面平行；

衣柜里的衣服按照厚薄程度和颜色深浅挂；

还把我所有的化妆品护肤品按高矮胖瘦排队，连压嘴都面朝同一个方向。

“请问它们在军训吗？”我问他。

“你不觉得这样看着舒服多了？”

“我问你一个问题，你一定要诚实回答我。”

“什么？”

“你真的不是处女座吗？”

009 ///

F君在外面的形象是标准的五好青年，走哪都人模狗样，但是千万不要被外表欺骗啊朋友们，此人性格各种任性龟毛洁癖不好伺候。

他的书从不外借，因为讨厌别人给他翻皱；他的房间外人不准进，家里来了小孩他第一时间锁门；他小时候养过一只金毛，带出去遛弯遇到有人要摸狗，他不准，翻脸，你干吗碰我的狗？

读书的时候有一回班上组织去烧烤，我们都用一次性碗筷，只有他，自！带！餐！具！中途正好有人让试试鸡翅熟没熟，他旁边的同学顺手拿他的筷子夹了一块，这货就扔了筷子什么都不吃了，场面万分尴尬。

我们住在一起，我以为以他的龟毛脾气肯定会有很多矛盾，谁知他居然没有，任由我一点一点侵占他的私人世界。他居然能够忍受我喝他的杯子，用他的碗筷，穿他的T恤，还被我带着养成了诸多不良习惯——跟我一起躺在床上吃早餐，趴在地上看书，在沙发上一靠就是一下午，站没站相坐没坐相，用他的话来说就是，“从小养成的习惯到你这全毁了。”

我说你以前性格多招人烦啊，现在简直可爱到不行。

010 ///

以前我问过他什么事情是很有把握一定能做到的。

后来他跟我说，他确信的事情之一，是我们一定会在一起。

但他没想到的是，我会主动来北京找他。

当时我没告诉他我辞职了，主要是觉得突然跑去跟人家说“我为了你辞职来北漂”实在是……很丢人。

到了北京安顿下来我才给他打了电话，他以为我是过来出差的，约好周末见面。

我在网上找的房子，来北京的当晚就住了进去，那时候年纪小，租房没什么经验，根本就没想过要看房产证什么的。后来我才知道，租房子给我的是二房东，他见钱眼开，为了多收房租，瞒着房主私自给房子打了隔断。我在那儿只住了两天，房主就找上门了。

那房子里住了六家人，房东二话不说要我们搬家，否则就报警。

真是被赶出来的，凌晨十二点，拖着两大箱行李站在大马路上，傻了，不知道去哪。

只好给他打电话，他风尘仆仆地赶来，看到拖着行李落魄至极的我，居然生气了。

“你怎么会跑去租房子？”他质问我。

我才跟他说了实话。

“我辞职了。”

“什么时候？”

“上星期。”

“为什么要辞职？”

“就是……不想干了呗。”

“你要留在北京？”

“嗯。”

“有什么打算吗？”

我摇头。

“有心仪的工作吗？有没有投简历？以前的领导能不能帮你引荐？”

他是个超级理性的人，做一件事情之前会考虑好A计划、B计划、C计划，计划周详，跟我完全不一样。我傻愣愣地摇头说什么都没有，他突然就怒了：“那你跑来做什么？！你都不会为自己打算吗？好好的工作说不要就不要，年纪也不小了怎么这么任性，你满脑子都在想什么啊？”

我被他骂急了脱口而出，“想你啊！不然我干吗要来！”

说完我愣了，他也愣了。

太尴尬了，我得给自己找台阶下，拖着行李就走，“反正我打定主意要留下来，工作我会找，用不着你担心。”

他追上来，一把抢过我的箱子，一声不吭地走到路边打车。

我正气着呢，跟上去一看突然就乐了。

“F同学，你是脸红了吗？”

我看着他从男孩变成男人，
褪去身上的青涩，
化为炙热而温柔的爱，
在这个什么都善变的人世间，
我想和他看一看永远。

“你给我闭嘴。”他别过脸闷闷地说。

011 ///

现在想想真挺有意思——他跟我表白，我跟他表白，我们都没说过一个爱字。

就这么水到渠成地在一起了。

其实我从小就是个胆怯的人，优柔寡断惯了，来北京是我做过的最果断的决定。

我也不知道当初为什么会突然有勇气，可能是因为年纪轻轻，做任何决定都不需要太大的成本。

有人问过值不值得，这个真的很难回答。

待在长沙确实更顺利更安逸，而北京给我提供了另外一种生活方式——给了我实现自我价值的平台，给了我奋进的积极的人生态度，给了我越来越自信的底气，当然啦，也有很大一部分原因是有F在身边。

我觉得任何事情都无法判断它的对错好坏，只要你愿意承担后果，选择什么都无可厚非。

抛弃过去，和他一起开创新的生活，不管结局是好还是坏，我都接受。

不过偶尔会打趣说要是当初留在长沙，没准儿现在都当领导了，这个时候他就会理直气壮地回我：“你现在不也是我的领导吗，一点都不亏。”

012 ///

仔细想想，我来北京之后我俩就顺理成章在一起了，他来帮我搬家，房东问，一个人住还是两个人住？我赶忙红着脸答一个人。过了一会儿跟室友聊天，她指着F君问："你男朋友？" 我还没回答，某人把我一揽，点头。

好像就这样确定关系了。

不过，据他自己后来说，"我也是经过了一番内心挣扎的。"

我说你有什么好挣扎的？！

他说："你随便追过来我就答应了，显得我多没面子。"

"那请问你是如何挣扎的？"

"我决定冷你一段时间，不能让你太猖狂。"

"所以？"

"有几次你给我打电话我没接。"

"然后？"

"你约我吃饭我说没空。"

"就这样？"

"嗯。"

F同学，对不起，我完全没感受到你如此细腻的内心动态，我以为你是真的没空而已。

013 ///

当年的F同学傲娇得简直能编入教科书，内心戏多得不得了，明明心里都乐开花了脸上还使劲绷着。

可惜某人现在男神形象已荡然无存，在厚颜无耻的道路上拔足狂奔，我拍马都赶不上。

上周我辛辛苦苦做了一道菜，端上桌他挑三拣四地说不好吃。

我生气地大喊："我再也再也再也不给你做饭了！"

"那你给我做菜吧，饭我会蒸的。"

他无比平静地回答我。

"菜也不给做！先生你谁啊，我跟你有关系吗？"

"有啊。"他眼睛都没眨一下，"肉体关系。"

我差点被气晕。

第二天他倒是很乖，吭哧吭哧把饭菜全吃光。

然后他放下碗躺在沙发上哼哼。

"好撑。"

我给他揉肚子，"你这么大个人了，怎么吃东西一点节制都没有。"

他叹口气："唉，情非得已。"

"为什么？"

"吃撑了，才可以不用刷碗啊。"

这位仁兄，你还记得当年自己走的是高冷路线吗？

014 ///

我决定辞职去北京时所有朋友都觉得我疯了，轮番跟我谈心，但我特别坚定死都要去。用她们的话来说，就跟魔怔了似的，为一个男人至于吗！

因此我闺蜜们对F的印象非常不好。

第二年大学里跟我玩得最好的室长来北京出差。室长是北方姑娘，一米七五，为了把自己收拾出人样去见她，我一咬牙穿了八厘米的高跟鞋。

很快我就知道自己有多蠢了。从南锣鼓巷到恭王府啊，从恭王府到后海啊，从后海到雍和宫啊，高跟鞋啊，八厘米啊，走得我差点没死过去。

我原本的计划是白天带室长逛逛，晚上和F一起吃饭，结果逛到雍和宫我钱包被偷了（四爷的地盘啊！小偷们太猖獗了）。

打电话找F救场，周末他在公司加班，我本想让他回家给我带双鞋过来，但又怕耽误时间就忍着没说。

没过多久他来了，还提了个纸袋，我心想难道这家伙还买了礼物讨好室长？结果他拿出来我就愣了，居然是我的鞋，平底的！

我说："你回家了？"

他说："没，早上看你出门穿的高跟鞋，估计你会累，就帮你带了双鞋放车上。"

他一边说着，一边很自然地蹲下来给我换鞋。

室长当时愣住了，一脸"我的天，我看到了什么"的表情。

那天他没回公司，一直跟在我俩后面任劳任怨地刷卡提包。

晚上去吃饭，京城挺出名的一家餐厅，他事先定了包间，点菜的时候他问室长有忌口吗，室长说没有。他就噼里啪啦把菜全点好，全合室长的口味，室长万分感动。其实某个心机鬼昨晚问过我室长喜欢吃什么。

吃完饭我们送室长回酒店，F主动要求第二天当车夫送室长去机场，临走前他对室长说："前几年我没在乔同学身边，多亏你们照顾她，感激不尽。”

他说话的时候眼神那叫一个真诚，动作那叫一个绅士。

我整个人都不好了，心想你是谁啊，你把那个整天面瘫脸死鱼眼拽得二五八万的F君藏哪去了！

果然，十分钟后我就看到室长在QQ群里咆哮：“小乔她男人太体贴了啊啊啊啊啊啊啊。”

一众八婆立马沸腾了。

“老大你去帝都了？”

“快来八一八！”

室长事无巨细地把今天发生的一切给大家描述了一遍。最后还特别强调：“当街蹲下给小乔换鞋啊！太温柔了！还有晚上吃饭，他征求了我的意见之后两分钟不到就把菜点好了，两分钟不到啊！老娘最喜欢这种干事不拖泥带水的男人了！这年头碰上一个干脆果断还温柔体贴会亲自给你穿鞋的男人有多不容易啊！”

与此同时，某人回到家领带一扯往沙发上一躺，笑眯眯地问：“我今天表现好吧？”

我点头说还行。

他大手一挥：“那还不赶紧去给我放洗澡水。”

我屁颠屁颠地跑进浴室，想了想又探出头问他：“你都看到我穿高跟鞋出门了，早上为啥不提醒我？”

他笑而不语。

室长还在群里咆哮：“太体贴了太体贴了太体贴了！”

我默默流泪，室长啊，你还是太天真了……

015 ///

跟F君交往后总有人问我俩什么时候结婚，我就纳闷了，难道我长了一张特别恨嫁的脸？

“也不是啦，只是觉得你俩肯定不会散，结婚是早晚的事。”朋友这样解释。

我从小有个坏习惯，喜欢咬指甲，小时候被我妈打过无数次，就是改不掉，所以我的手指甲特别丑，我妈经常嫌弃我：“以后男人跟你求婚你好意思伸出这么丑的手戴钻戒吗？”

所以我一直很忐忑，担心自己会在戴钻戒这个环节被抛弃。

事实却是——某个周末的早上，我俩赖在床上不想起，他突然问我：“今天你有安排吗？”

“没有啊。”

“我也没有。”他语气特平常，“我们回去把证领了吧。”

我想也没想：“行啊。”

他翻身起来订机票，我才反应过来——这就算求婚了？！说好的钻戒呢？

——这个故事告诉我们，现实不像你想的那么糟，它往往比你想的更糟。

那个男孩教会我的事

NO.10

我很少跟别人提到我的爸爸。说出去可能没人相信，我跟我爸爸上一次见面是我结婚前，我问他要不要来参加婚礼，他不好意思地搓搓手说，还是算了吧。

四岁那年，因为爸爸有了外遇，父母很快离婚，我和观潮都跟了妈妈。

变成单亲家庭后我最直观的感受是家里突然变穷了。爸爸迅速再婚，新老婆管他管得严，法院判的生活费每个月八十五块，他就真的每个月只给我们八十五块。

那段日子我们过得很艰难，妈妈没工作，她很要强，不愿意回娘家，简直一个人拉扯我们兄妹俩。后来她帮人接手工活，叠纸盒，家里铺天盖地全是那种劣质的黄灿灿的纸，叠一个一分钱，三天要叠一万个。

后来我跟F说起这些他都不信，这年头居然有以分为单位的工资。

是的，真的有，妈妈靠这个供我们读完幼儿园，然后又读学前班，那时候读学前班的小孩不多，人家都觉得她在浪费钱，她说再苦也要读，她的孩子不能比别人差。

也是从那时候起，我的性格变了很多，从一个没心没肺的熊孩子变成了畏首畏尾的自卑狂。

我记忆中有很长一段时间妈妈特别辛苦。每天早上四点起床送牛奶，7点回来给我们做早餐，然后十点做盒饭，中午用小推车推到街上卖，挣得比以前多一点，但日子还是紧巴巴的。我记得那时候流行给孩子买各种补品，电视上经常打广告，蓝瓶的钙好喝的钙，我特想尝尝是什么味儿。

别人家的孩子缺钙缺锌缺铁，到了我和观潮这儿，我们只会斩钉截铁地说：缺钱！回想起来那段日子真是一把辛酸泪，我要是文采好点都够写一部《红楼梦》了。

所以我曾经很坚决地认为我和F不可能在一起——成长环境相差太多了。他是小王子，生活里没有一丝阴影，像太阳一样充满能量。而我自卑，拧巴，脆弱，被阳光一照就缩回去了。

以前观潮问过我最大的心愿是什么。我说我一定要和一个深爱的人结婚，他可以穷可以没有背景，但我想给我孩子一个正常、完整的家庭，让他在充满爱的环境里长大，而不是只能靠小说和电影去幻想爱情，在现实生活里不断被打碎以至于充满畏惧。

因为父母失败的婚姻，有很长一段时间我并不信世界上真的有一生一世一双人的爱情。

后来F给我讲了一件事。

小时候他问爸爸自己是从哪来的，他爸爸没有像其他大人那样搪塞说“从垃圾堆里捡的”或者“从胳肢窝里掉下来的”，而是说：“你是天上的天使，上帝觉得妈妈是这个世界上最美的女人，所以派你来保护她。”

“那么你呢？”小F问。

“等你长大了就会离开她，爸爸负责陪妈妈一直到老。”

这是我听过的最浪漫的回答。

前几年《疯狂原始人》上映，我跟F去看。其中有一幕，爸爸为了保护家人，把他们一个一个扔到绝壁对面。我很丢人地在电影院一堆小朋友中间哭得稀里哗啦。

特别特别心酸，父爱是温柔的印刻在血脉中的守护，很多人自出生就拥有，而我从来没有感受过。

出来的时候，他抱了抱我，什么都没说，但我能感觉到那个拥抱的温度，它是温暖的，饱含着理解与爱。

十几岁时，我幼稚地以为不会爱上任何人，我不确定自己有爱的能力。

但是他告诉我，爱是人类与生俱来的天赋，根植于每个人的生命之中，无论周围的土壤怎么贫瘠，它都不会消失，只要有人呼唤它，它就一定在。

盔

甲与软肋

NO.11

001 ///

他一个朋友被查出癌症晚期，朋友参加过我们的婚礼，那天太忙了，我没怎么跟他接触，只记得他是个大胖子，廊坊人，笑起来眼睛眯成一条线，敬酒的时候他老婆打趣说他眯眯眼，不戴眼镜都找不到眼睛在哪。

周末陪F去医院看他，心里都清楚可能是最后一面。

出门前F叮嘱我要镇定，我当然明白他的意思。但看到这个一百八十多斤的胖子瘦成一把骨头躺在床上，连呼吸都困难还强撑笑脸欢迎我们时，心里还是特别特别难受。

F反而没事一样跟他照常聊天，其实我知道他也在强撑。

不想打扰病人，我们没待多久就告辞，出了病房我陪F去楼道抽烟，我俩坐在楼梯上，都没说话。

偶尔我会想想死亡这件事。

十几岁的时候我一点都不怕死，觉得人都会有这么一天。可是现在我真的很怕有那一天，倒不是害怕病痛的折磨，而是害怕现在珍惜的一切会再也无法感受，无法再拥抱我爱的人，无法陪我的子女成长，更重要的是，我和他已经成为对方的一部分，点点滴滴都连在一起，离开的那个人不是最痛苦的，最痛苦的反而是留下来的那一个。

我一点都舍不得他难过。

想到这些，我就害怕得不行。

他说我多愁善感，可他不知道，让我变成这样的人是他。

爱让人突然有了盔甲，也突然有了软肋。

002 ///

有一天在家附近买水果，旁边站了个男的，我专心挑F君爱吃的黄桃，只听旁边那人问：“这叫什么？”

我环顾四周，确定他问的是我而不是老板，于是答：“黄桃。”

哦，他点点头，又问：“好吃吗？”

“呃……看个人口味吧。”

“你喜欢吗？”

“还行。”

我买完走人，他提着一袋黄桃追上来。

“能留个电话号码吗？微信也行，想和你交个朋友。”

这难道是传说中的搭讪？没想到我也有这么一天，强忍着得意，我不好意思地答：“可是……我老公恐怕会不高兴。”

对方大惊：“你结婚了？”

嗯！我把戒指给他看。

“没关系，交个朋友而已。”

他把黄桃和名片塞给我就走了，我提着两袋黄桃，一头雾水地回家，给F君讲述我刚刚的神奇经历，

他不屑：“送黄桃？太寒酸了吧。”说着还嫌弃地看人家的名片。

“XXXX公司XXX经理。”

我拿过来看，“哟，还是个经理呢，你不要吃醋。”

他呵呵冷笑两声：“我会那么幼稚吗？”

我把名片顺手往桌上一扔，去厨房给他洗黄桃。

过了几天我突然想起这事，发现桌上的那张名片不见了。

问他，他状似无意地说：“扔了，我收拾桌子不小心把水倒在了

上面。”

某人平时主动打扫卫生的次数屈指可数，还“不小心”把水杯打倒……司马昭之心啊。

003 ///

过年回家。

F君家是个大家族，各种伯父伯母叔叔婶婶舅舅舅妈堂哥堂姐表哥表姐侄女外甥，家里基本每天都有人来拜年，再加上F爸爸的同事朋友，那就更多了……

F的爸爸十分严厉，所以在家我俩都得装乖，每天六点半就起床，坐在客厅哈欠连天大眼瞪小眼。

有人来了，F妈妈打发我俩去洗水果。F看着外面的人说：“像不像植物大战僵尸？”

我：“啊？”

他：“又一大拨僵尸来袭。”

我笑喷：“小心爸爸听到抽你哦。”

“这样拜年真麻烦，应该简化程序。”

“怎么简化？”

“用手机发礼品券，自己去商场提货。”

“噗……”

“小孩的压岁钱直接打支付宝。”

这时F爸爸把我们叫过去介绍。

“这是陈伯伯……”

我赶紧问好。

陈伯伯走时居然给了我一个红包，我这么大一个人哪还好意思收压岁钱，赶紧推说不要。

"你和F结婚我没赶上，这回补上。"伯伯说。

我只好默默收下。

晚饭后和F出门散步，我摸出红包眯着眼睛数了数，伯伯出手真大方，我啧啧感慨："支付宝就算了吧，钱还是拿在手里数更有快感。"

他笑我："财迷。"

"F大爷要不要也给小的发点压岁钱？"

"好啊。"

他抽出一张一百的递给我，说："退我一块。"

"哪有压岁钱还找零的！"

"九十九寓意好。"他说。

004 ///

在商场买年货，偶遇高中同学S妹子，对方一眼认出我，"乔一，你怎么一点没变。"

"哪有，我明明沧桑了。"

"不，身上那股逗比气质一点没变。"

"……"

寒暄了一阵，她说："对了，后天我们聚会，XXX牵的头，正好他生日，你也来吧。"

回到车上，我问F君："后天XXX生日，你想去吗？"

他摇头："没兴趣。"

开了一阵，他突然问："XXX是不是戴个眼镜，坐你前面的那小子？"

我："是啊，怎么了？"

他语气变了："我去。"

没看出来他跟XXX关系还挺好。

于是当天带着礼物去了。

XXX看到我果然很惊喜："乔一！天啊你怎么来了？！"

他性格大大咧咧，张开双手准备给我一个熊抱。

某人将我一把拉到他身后，跟老母鸡护崽似的，他把礼物递上，面无表情地说："生日快乐。"

我默默吐槽，这家伙平时在家里心思挺活络，损起我来文采飞扬，一出门就自动开启高冷模式，多余的话一句没有。

S妹子把我拉到一边小声说："你跟F结婚了？！"

"是啊，你不知道？"

"我前几年在澳洲消息不灵通啊！早知道就不叫你来了！"

"为什么，鄙视已婚妇女吗？"

"哎……XXX以前暗恋你，F还跟他打过一架呢。"

我勒个去！！！！！！信息量太大我一时接受不过来！！！！！！

于是，整顿饭我都吃得提心吊胆，作为一个脑洞过大的逗比妇女，我多么担心他们两个情敌会打起来啊，他们要是打起来了我该帮谁呢，我要不要像韩剧女主角一样晕过去呢，好后悔没有练习过如何优雅地晕倒。

结果这两人都十分淡定，在亲切友好的气氛中结束了这次会面。

回去的路上我终于忍不住了："听说……呃……那个……你跟

XXX好像有过节?”

“你想问什么?”

“据说……XXX以前喜欢过我?”

他点点头。

“据说……你们还为此决斗过?”

他睨我一眼:“你听谁说的?”

“没有吗?!”

“没有。”

“那你怎么知道他喜欢我的?”

“他写了封情书让观潮转交给你,被我看见了,我约他出来,告诉他不要影响你学习。”

“然后呢?”

“没有了。”

“他就这样轻易地放弃了?!”

“你还想怎样?”

“他应该像琼瑶阿姨写的那样彻夜守在我家门口啊,天空下着瓢泼大雨就更好了,他在大雨里喊我的名字,我哥把门反锁了不准我出去,我妈挥手给我一巴掌,我使劲捶门最后哭倒在门边……”

“没事少看点电视剧,影响智商。”

005 ///

我平常不怎么注意家里的日常开销,有天去银行心血来潮打了半年的流水账,才发现我们家每个月电费水费燃气地暖宽带罚单林林总总加起来居然花了好多钱!

守财奴本性顿时爆发，决心从今天起节约开销，我要当一个勤俭持家的主妇。

走进超市，我脸上写着“精打细算”四个大字。

有机蔬菜？不买，太贵了，吃点农药说不定能杀蛔虫。

我最爱的费列罗？不买，省钱还减肥，一举两得。

卫生巾买五片普通装还是二十片的特惠装划得来呢？我动用我体育老师教的数学扳着指头仔细算了好久。

F君无肉不欢，可是牛肉好贵啊，今晚就给他做青菜炒火腿肠吧。

平时回家我喜欢把所有的灯都打开，亮堂堂的有安全感。

今天放下包顺手开灯，想了想，不对，要节约，啪啪啪全关了，一个人抱着电脑坐在黑漆漆的客厅里写稿子。

F君回家开门吓了一跳，“你干吗不开灯？”

“节约用电。”

他无语，从冰箱里拿出一听可乐。

“喝完易拉罐不准丢。”我指挥他放到玄关。

“可以卖钱。”我认真地说。

“你有完没完，”他白了我一眼，“明天去吃然寿司吧。”

我十分有原则地抵制了诱惑，“抱歉，这个月的预算已经用完。”

他臭着脸不高兴了，我装没看见，颠儿颠儿地去洗澡。

谁知我刚打开花洒，他“哗——”一声拉开浴帘。

“你干吗？”

他面无表情地脱衣服：“节约用水，一起洗。”

臭流氓！

006 ///

邻居家的女儿高三，模拟考考得一塌糊涂，她妈一问才知道自家闺女早恋，急疯了，要我帮忙去开导开导。

我心里默默吐槽，阿姨，你真的不知道我们两口子就是早恋吗？

本着一腔八卦之心，我还是去了。小姑娘挺信任我，直接告诉我："我喜欢上了班上一个男孩。"

"挺正常啊，失恋也没什么大不了。"

"我没失恋，他也喜欢我。"

"那你忧愁什么？"

"可是，我有男朋友的。"

"……"

"他们还住同一个寝室。"

"……"

"就因为他们俩我最近特烦，他们寝室还有一个男生，暖男型的，我经常找他聊天，上星期他跟我表白了。"

"……"

"哎，其实我也不想把事情搞成这样。"

我心脏有点接受不过来，"所以……你直接横扫了人家一个寝室啊？"

她长长地叹气，"所以我才忧愁啊。"

我自卑不已，回去跟F君说："现在的小孩真厉害，我在她这个年纪啥都没干成，书也读不好，连双曲线方程都搞不定。”

某人在一旁幽幽地说：“可是你搞定了我啊。”

007 ///

F君酒量不错，用他的话来说，“尚可，灌醉乔一是没问题的。”

他很少喝醉，就算醉了也不吵不闹，还能强撑着把每个朋友一个个送上车，自己最后回家。

我不一样，我是不作死就不会死，一高兴就自己找酒喝的那种，喊得最欢，倒得最早。不过我是有原则的，在场都是我信任的人我才敢撒欢儿，去不熟的饭局我就特能端着，别人怎么劝都不喝。

F君表示十分欣慰。

有天和朋友聚会回来，我心血来潮，要和他演“强抢民女”。

他一口答应，正准备强抢，被我一把推开，“不不，今天你演民女。”

他想了想，“行！”

然后这厮手脚麻利地脱了衣服，躺在床上冲我招手：“流氓快来。”

靠！民女也太配合了吧，你让流氓情何以堪！

这下换我傻了，想了半天不知道该如何下手。

“你还等什么？”

我趴在他身上愣愣地问：“通常流氓是怎么施暴的？”

他眉开眼笑地说，我教你啊，然后迅速翻身上来。

008 ///

我失眠特别严重，某人逼着我每天和他一起跑步。

好吧，是该锻炼下身体，我辛苦淘宝一下午，买了全套慢跑装备，这叫工欲善其事，必先利其器。

第一天，不错，感觉挺新鲜。

第二天，好累，但是他兴致勃勃，我就只好忍忍坚持。

第三天，我一边跑一边想这个时间躺在沙发上吃水果刷微博多幸福啊。

第四天，我认真地想这么跑下去什么时候是个头?

第五天，我跟他请假，说亲爱的，我来大姨妈了。

第N天，继续请假，亲爱的我大姨妈刚走。

第N+1天，依然请假，亲爱的我大姨妈快要来了。

他："我算是明白了，大姨妈是万能的！"

我猛点头："对啊对啊，我们女人的时间轴是按大姨妈划分的。"

009 ///

前阵子世界杯，F同学赌运奇差，凡是他看好的，基本都被淘汰了，F同学被封号贝利二世，实至名归。

决赛时我劝他买阿根廷。

"为什么? 你不看好我德吗? 克劳泽状态极佳……"

我摇头："因为阿根廷的队服好看。"

他还是坚持买了德国，终于赢了五百块，大喜，截图给我嘚瑟，"走上人生巅峰！"

我说：“大款，求包养。”

他摇头：“不能挥霍。”

我：“养我不算挥霍！”

他想了想：“那也不应该叫包养。”

我以为他会说养老婆天经地义什么的。

结果他说：“应该叫饲养。”

F同学，你语文学这么好就是用来羞辱老婆的吗！

010 ///

他是球迷，而我对足球的所有认知还停留在2002年中国出线的那一年。

今年世界杯德国7:1狂赢巴西，他简直乐疯了。第二天早上一睁眼他就手舞足蹈地跟我说昨晚的比赛。

“克洛斯的那个前场抢断是不是很妙？我德逆天了，这场屠杀应该载入史册对不对？blahblah……”

我听了半天，小心翼翼地问：“巴西不是有罗纳尔多吗？”

然后，就没有然后了……

同样是球迷的室长听说此事后语重心长地对我说：“爱情真伟大，他居然能忍着没跟你离婚。”

011 ///

F君在家从来不做家务。

有一天我跟他说：“你看XX家的老公XXX，家里家务活全包了，从扫地拖地到做饭洗衣服，把XX伺候得像女王一样，你难道不感到羞愧自责寝食难安吗？”

他头都不回，满屋子找ipad。

我跟在他后面继续念叨：“还有XXX的男朋友XX，出了名的温柔体贴，不管XXX怎么无理取闹都百依百顺，在一起的所有纪念日每年的情人节圣诞节生日连妇女节儿童节都会准备礼物！你难道不羞愧自责寝食难安吗？”

他继续专心致志地找东西。

我痛心疾首：“而我家的老公呢，就只会欺负我挖苦我，天天出差不在家，家里煤气灶坏了顾不上管，马桶堵了没人修，上个月我生病你也不在，就只会在电话里跟我说多喝水多喝水，还一点都不懂浪漫结婚这么久连花都没送过，人家说男人最性感的时候是你对他拳打脚踢时他静静地看着你再把你搂进怀里，可是你从来没有过！你难道不羞愧自责寝食难安吗？”

此时这位仁兄终于在沙发缝里找到了ipad，回头冷冷斜我一眼：“我倒是准你对我拳打脚踢，你敢吗？”

最后一个“吗”字尾音向上，眼睛一眯，吓得我立马认怂：“大王饶命小的万万不敢。”

012 ///

他：“你是不是对自己在家中的地位很不满？”

我：“当然了。”

他：“那我给你一个福利，今天一天你可以随时派遣我，干什么都行，我绝对服从。”

我:“真的?”

他:“当然。”

我:“那你先去把地扫了。”

于是他真的乖乖拿扫把扫地。

我看他扫了一会实在没忍住:“你根本没扫干净,床下面也要扫的,还有门背后那么多积灰你看不见吗,头发落在地砖缝儿里扫不起来你就不管了吗?”

他:“已经很干净了呀。”

我:“哪有!那,那,还有那你都没扫。”

他:“我不信,你再扫一遍给我看看。”

我又扫了一遍,果然一堆垃圾。

“你看!证据确凿。”

“嗯,你真厉害。”

我给他布置新任务,“今天午饭你做!”

“好啊,你点菜。”

“我要吃蒜泥西兰花。”

“不会。”

“培根土豆泥。”

“不会。”

“鱼香肉丝。”

“不会。”

“那你会什么?”

“西红柿炒鸡蛋。”

“……除了这个呢?”

“西红柿鸡蛋汤。”

"……"

我帮他把材料都准备好，千叮咛万嘱咐："小心啊不要切到手，西红柿切厚一点，等油热了再下锅，先炒鸡蛋再放西红柿。"

他特不耐烦，"知道了你出去。"

出去不到二十分钟就听到他喊："你快进来。"

一打开厨房门就被烟熏得睁不开眼，他没开抽油烟机（很有可能是不会），锅里的东西黑乎乎一团已经看不出原貌，这货做的西红柿鸡蛋不光放了酱油居然还有醋味儿！

"怎么会煳了？"他特无辜地问我。

我顿时崩溃："你锅里没放油啊啊啊啊啊啊啊你把我的锅都烧坏了啊啊啊啊啊啊啊！！！！"

我发誓以后再也再也再也不会让他做菜了！！！

013 ///

早上出门打不到车，缠着F君送我上班，他大发慈悲地答应了，一路上这家伙心情不错，一边哼着小曲儿一边开车，我留神听了一下，这货哼的居然是"我送你离开，千里之外……"

所以他是有多想让我滚蛋？

014 ///

去吃烤肉，我们这桌的服务员睫毛长长眼睛水灵灵，我盯着看了半天，小男生脸都红了，内心应该在默默诅咒我这个怪阿姨。

在我目光灼灼的注视下，小男生换炉壁时手一抖，烤好的虾掉在地上，他充满歉意地看了我一眼，我立刻来了兴致，故意黑着脸逗他："你赔我虾。"

一旁F君看不下去，"你够了啊。"

小男生长舒一口气，正准备开溜，只听F淡定地叫住他，"你赔我虾。"

015 ///

和他坐在麦当劳，对面一对高中生情侣一直在kiss，我们老两口盯着人家小两口看了二十分钟，我感慨这样亲下去真的不会缺氧吗?

某人白眼一翻说："这要是我女儿拖回去就打一顿。"

我说："你懂什么，这叫英雄出少年，泡妞手法如此娴熟这要是我儿子回去晚饭多加个蛋。"

某人气得把我拖回家打了一顿。

016 ///

谈恋爱时我们约会晚了，他要送我回家，我心疼他来回折腾，手一挥万分豪迈地说："别担心，方圆十里最大的流氓就是我。"

我也就随口这么一说，这家伙还就上心了，一直拿这事调侃我。上周他去上海，我跟闺蜜逛街约会，他特地打电话来嘱咐我。

"别逛了，早点回家。"

“知道知道，别担心我。”

“我不是担心你，我是担心方圆十里的流氓。”他慢悠悠地说。

017 ///

关于流氓还有一个梗。遇到不熟的人问我俩是怎么在一起的，他不耐烦解释就简单地说：“遇到流氓了。”

对方问是不是乔一遇到流氓然后你英雄救美？他不说是，也不说不是，等对方各种脑补。我在旁边翻白眼。回到家他笑眯眯地故意问我：“我是不是应该告诉他们遇到流氓的其实是我？”

这男人有时候真的幼稚得不行。

人间好时节

NO.12

001 ///

今年因为职位调动，我也经常需要出差。经常我回家他走了，他回家我又走了，最长的一次我俩两个月没见。

晚上开会到十一点，突然想起给他打电话，“在干吗？”

“开会，你在干吗？”

“也在开会。”

太放心了，忙得完全没时间搞外遇的夫妇。

002 ///

我又要出长差，走前抱着F君哭：“朕此次挥师南下御驾亲征，不知何时才能归来，爱妃快起来给朕一个爱的吻！”

他懒洋洋地翻个身，眼睛都没睁：“别演了，到了给我打电话。”

“哦。”

我悻悻爬下床，提箱子准备走。

他突然问：“皇上还在吗？”

“在在在！”

“顺便把垃圾带下去。”

……

003 ///

团队临时调整计划，于是原定两周的出差临时变成了归期不定。

F君知道后各种不高兴，电话里抱怨半天。我正忙得焦头烂额，跟他吵了两句，我生气地说你根本不考虑我的感受。

“你也没考虑过我的感受！”他小声说，“我想你啊。”

我差点泪奔。

004 ///

其实F君骨子里传统，很少说我想你或者我爱你这样的话，一开口必然郑重其事，感觉跟结婚典礼上说“I do”一样。

我以前也不好意思的，刚谈恋爱那会儿说句情话都要脸红半天，日子一久发现可以调戏他，于是把“我可想你了”“我越来越喜欢你”“你怎么这么好呀”挂在嘴边。

他的反应很好玩，无奈地皱眉说“你少来这套”，一转身就满面春风心情大好。

这家伙口是心非。

005 ///

公司给我配了个助理，小姑娘刚毕业，年轻靠谱有干劲，我俩相处得不错。

有一天她问我：“姐姐，你为什么这么早就结婚？”

“遇到合适的就嫁了呀。”

“可是，你怎么断定他就是合适的人呢？”

我想了想，反问她：“抛开上下级关系，你觉得我这个人怎么样？”

“干练，专业，能力强，关键是性格超好。”

我说：“我老公可不这么认为，在他眼里我幼稚，孩子气，笨手笨脚，永远长不大。”

“他太不了解你了！”

“才不是呢，”我眯着眼睛笑，“全世界只有他最了解我。”

晚上照例给F君打电话，想起这事便问他：“你为什么这么早就跟我结婚？”

某人回答得简单干脆：“夜长梦多，吃到肚子里揣着省事。”

我：“……”

006 ///

回家前一晚F君打电话给我主动坦白：“我刚刚打翻了你的指甲油。”

“然后？”我警惕地问。

“又倒了一瓶洗甲水擦地板。”

“只弄脏了地板？”

他沉默了一阵，小声说：“还有你最喜欢的那条项链。”

……

我气得差点晕过去：“你没事碰我的指甲油做什么？！”

他一本正经地胡说八道：“我在给它们军训，指甲油同学体质太弱，晕了过去……”

007 ///

在外面碰到了很不靠谱的合作方，被临时爽约，晚上十二点我一个人拖着行李赶去机场，大马路上半辆车都没有，顶着毛风细雨地走了快两小时。

F君打电话来，我气冲冲地说我不干了，我要辞职！

他也没说什么，帮我订了机票让我先回家。

在飞机上睡了一觉，冷静下来又觉得也不是什么大事。

他来接我，路上他问："辞职信写好没？"

我特不好意思地说："又不想辞了。"

"哦？你在电话里可都快哭了。"

"是的呀，总说上帝给你关上一扇门，就会帮你打开一扇窗，我当时觉得上帝要么忘了我，要么给我安的是扇防盗窗。"

"这算什么，"他煞有介事地说，"小乔同学何等人物，就算把门窗都关上，她也能爬上房把屋顶掀了。"

差点没把我笑死。

008 ///

坐飞机回京，邻座是个老阿姨，跟我妈差不多年纪，特热情地跟我聊天。

下了飞机F君来接我，阿姨说小伙子真精神，问我是谁。

我笑嘻嘻地说："我哥，阿姨你有合适的姑娘可以介绍给他。"

F君见惯我胡说八道，也不拆穿，替我接过行李默默朝前走。

阿姨不信："是你老公吧。"

"看得出来？"

"那可不，你眼睛都亮了。"

好像真是这样，不管多累，心情多不好，只要一见到他就会高兴起来。

用室长的话来说，我看F君的眼神就跟她们家狗看到火腿肠一样，就差摇尾巴了。

一个人爱着另外一个人是藏不住的，不信你去看看《大话西游》里紫霞仙子看至尊宝的眼神，满满的全是爱。

009 ///

可能是在外面太久了，回家之后我睡眠一直不太好，总失眠。F君得知我小时候爸妈没给我讲过睡前故事，心生怜惜，主动要求每晚给我讲童话哄我睡觉，难得摩羯男会做这么浪漫的事，我十分感动。

第一天讲的是《豌豆公主》，第二天是《拇指姑娘》，第三天要念《人鱼公主》，他没耐心了，我说男人要言而有信，他想了想又坐下，拿起书正儿八经地给我念："从前有条美人鱼，她喜欢待在海里哪都不去，就这样幸福快乐地过完了一生，完。"

安徒生都被你气得从墓里爬出来了！

010 ///

难得我俩都在家，周末起了个大早做早餐。

小学时每次期末考我妈都会给我和观潮准备两个鸡蛋一根火腿肠，寓意考一百分。我问F君有没有吃过，他摇头，“没有，跟平时吃的一样。”

我笑他：“你的童年太无趣了。”

他擦了擦嘴，斯斯文文地说：“我不吃鸡蛋照样能考一百，”然后看我一眼，“你就不一定了。”

011 ///

有天晚上坐车路过长安街，突然想起我们刚确定关系那会儿，他送我回家，我们上了辆双层巴士，坐在第一排，长安街上的霓虹五光十色，秋末的夜晚凉风正好，车上没什么人，一切都刚刚好，我突然想，这个时候多适合接吻啊。

我没过脑子，心里的话脱口而出：“这个时候是不是应该接吻？”

他也愣了，就这么对视着。

遇到红灯，巴士稳稳停下。我在心里倒数，心想变成绿灯就吻他，眼睛偷偷瞄红灯旁边的数字。

“5——4——3——”

他突然凑上来，轻轻盖住了我的唇。

脑子里一片空白，本能地接了这个吻。

像有根羽毛轻轻划过心尖，酥酥麻麻的。

后来我脸红，骂他耍赖。

他低头笑，大大方方地承认，“是啊，我就耍赖。”

那是我们的第一个吻。

012 ///

中午我换床单，他过来帮忙。

换好之后我一头扑到床上，闻着被子里阳光的味道由衷感慨：真幸福呀！

他骂我幼稚，却在我身边躺下。

我翻身钻进他怀里。

013 ///

因为写这本书，最近总在回忆我和他交往的细节，昨天我问他：“你还记得你对我说的第一句话吗？”

他问是什么？

“期中考试之后排座位，我主动坐到你旁边，还跟你搭讪来着，我问你听的是不是周杰伦。”

他笑笑，“想起来了。”

“你当时什么感觉？”

“没什么感觉。”

本来还在YY他会天雷地火一见钟情什么的，不过想想也对，别说他了，连我当时也没想过这个不可一世的臭屁少年会成为我丈夫。

“那应该是我们第一次说话。”

他摇头，不是的。

“开学第一天，大扫除，教室灯坏了，还记得吗？”

我点头，记得。

“你逞能爬到桌子上换灯管，下来的时候还差点摔倒，是我扶了你一把。”

我想了想，好像真有这事，但我不知道扶我的那个人是他。

原来缘分还要更早一些。我不记得的，他都帮我记着。

014 ///

有天凌晨两点突然接到前男友的电话，那家伙喝多了，神志不清地在电话里碎碎念。

F君被吵醒了，问是谁，我老老实实地说是前男友。

F君顿时脸就拉下来了——他对我在他出去读书的时候交了个男朋友这事儿一直耿耿于怀，其实我跟那男的也就在一起了一个月。

我直接把手机开了扬声器。就听到那家伙在电话那头前言不搭后语地说：“我们总监太傻了，他还老觉得自己聪明，我就从来不这么觉得，我特别支持google收购摩托罗拉……照我说联合国讨论问题时就应该立个项，坚决不允许茶叶蛋变成韩国的……”

F听了半天愣是没说出一句话来，我估计他原本是想放个大招，结果发现对方根本不是一个水平，就像钢铁侠全副武装杀出去发现对手是卷叶空心菜。

我说：“他最近工作不顺心。”

他冷哼一声：“这种人在我手下早开除了。”

我说开不了，那公司是他爸的。

“他要是我儿子早赶出家门断绝关系了。”

我：“……”

我把手机按成静音扔到一边，F还意犹未尽，严厉批评我："你选择伴侣太不慎重了！"

然后发现把自己绕进去了，又改口说："幸好你迷途知返。"

我憋着笑低头认错感谢组织宽大处理拉着他赶紧睡觉。第二天醒来看手机，通话时长3小时23分钟，这少爷是有多少委屈要诉说啊……

015 ///

说到我前男友，那绝对是个人才，叫他少爷好了，概括少爷这个人，用六个字足矣——性别男，爱好女。

我刚认识他那会儿，他在追我们学校一个美国交换生，那个美国妞爱好中国文化，他天天早上6点跑教职工家属楼跟一群老太太学太极拳，简直是用生命在泡妞。

我有理有据地认为，他追我完全是为了满足自己的集邮癖。

排除喜欢乱搞男女关系这一点，少爷是个挺有意思的人，他有句特经典的话，以前他上课老发呆，老师用粉笔扔他，骂："在想什么呢？"

他托腮看着窗外，无限忧愁地说："天气好得想骂娘，不想读书想去浪……"

看看人家这用词，多精准，一个不学无术的富二代形象跃然纸上。

那时候我们寝室经常夜谈，我跟她们说了F君的事，大家都很感慨，说可能真的是缘分尚浅吧。后来少爷跟我表白，我们全寝室都怂恿我答应，说你总不能学王宝钏苦守寒窑十八年等F回来吧，又不是拍电视剧。我一琢磨，对哦，说不定人家在外面吃喝玩乐泡洋妞呢，于是就答应了。

少爷是跟F君完全相反的人，他是白羊座，典型的长脑袋就是为了增高，经常想到一出是一出，有一回他周五晚上突然想去张家界，把我们一群六七个人忽悠得连夜买了火车票跟着他去，玩了两天周一大清早回学校直接去教室上课，然后集体趴桌上补眠。他经常干这样的事，我现在变成一个神经病多半是被他影响的。

我跟少爷很合拍，我跟我哥都没这么合拍过，但是很奇怪我俩就是不来电，站一起怎么都觉得是兄妹。

他曾经特别真诚地问我："怎么我对你就是没有欲望呢？"

我差点一口血喷出来。

这段恋情还没撑到一个月我就跟他提出分手，分手之后我们继续做兄弟，用他的话来说这叫"买卖不成仁义在"。

然后这家伙中午跟我分手，晚上就迅速勾搭上了大一小学妹。

就这样一个资深花花公子，大三的时候认真地谈过一次恋爱，特别认真，奔着结婚去的，对方是我们室长。

从
你生命里路过

NO.13

001 ///

室长是我朋友里幸福感最强的一个——从小父母和睦，受尽宠爱，最重要的是还家财万贯，简直是迪士尼动画里小公主的真人版。

她心肠特别好，我们学校有只流浪狗，属于常住人口，一到饭点就在食堂附近晃悠。那狗特有眼力见儿，自带人民币探测技能，谁都不搭理，就跟室长走。室长给它取名“男朋友”，天天给它买吃的，有天晚上下暴雨，室长打着伞去找它，把它从水沟里捞出来，寝室不准养狗，她就直接空运回哈尔滨老家。

室长她爹——一位身家九位数的中年企业家，没什么业余爱好，就爱养狗，他有只柯基犬，心疼得跟亲闺女似的，据说与英国女王的爱犬同宗同族，正宗皇室血统。室长的那只流浪狗去了没三天就夺了人家贞操，中年企业家气得站都站不稳，指着它骂：“你！这！个！畜！牲！”

室长还在电话里冲她爹傻乐：“你要做外公了耶！”

我们都笑疯了，我们投胎选的hard（困难）模式，室长选的是坑爹模式吧。

刚进大学的时候大家都不熟，但室长特出名，因为开学没三天她就跟下铺打了一架，准确地说，是她把人家揍了一顿，原因不详。她嚷嚷着要搬出去住，但是学校规定新生必须住寝室。正巧我们寝室还有一个空位，班主任就让她搬过来了。当时我对她印象不是很好，觉得丫就是有钱任性的富二代。

我跟她熟起来是十一放假，寝室里就我跟她。有一天她实在无聊了，合上电脑跟我说，乔一，我们去逛金满地吧。

我当时就震惊了。那时候我走的是女文青路线，女文青怎么会喜欢金满地呢，关键是你一个富二代怎么也喜欢金满地啊？

在我的记忆里，那是个特别炎热的下午，狭窄的服装市场里，我俩一边逛一边聊，偶尔试一两件衣服，嘻嘻哈哈地嫌弃对方品位差。

她其实特别善良，是那种温室里的花朵特有的单纯的善良，她跟我说过一件事，高中时她们班有个男孩成绩很好，但家里穷，交不上学费只能退学，她特震惊，一个学期学费才八百多，她随便买双鞋都不止八百，她当场就跟老师说以后男孩的学费她帮他交。后来因为这事儿，学校为她搞了一个表彰大会，校长把她和男孩叫上主席台，让她当众把“善款”递到男孩手上，她还特骄傲，觉得自己干了件好事。

可男孩从此恨上了她，男孩告诉别人，她把钱递给他的时候，他感觉自己被当众抽了一巴掌。

室长那时候还是个没心没肺的小公主，无法理解这种屈辱的愤怒。

她跟少爷刚在一起的时候，我们都不看好这一对，总觉得少爷是只狼，早晚要把室长啃得连骨头都不剩。

直到后来有一回他们闹分手，室长一气之下跑回哈尔滨，少爷追过去，当着室长她爸的面认错道歉把室长哄回来，我们下巴都掉下来了，这可是少爷啊，他什么时候主动哄过别人，我们才知道，原来他俩居然是玩真的。

一旦适应了这个画风，觉得他俩在一起还蛮合适的，没人比他们更门当户对了，那时候我们都畅想他们有了儿子，绝对就是玛丽苏神剧里的男主角——他爸是巨富，他妈是名媛，他们家存款连起来能绕地球五圈，反正他们家就是有钱。

在我们都等着参加他们的世纪豪华婚礼时，室长家里出了事，有多严重我们都不清楚，只是事后听她淡淡地说过一句“家被抄了”。

她爸跑到泰国躲债不敢回来，她妈又突然被查出乳腺癌，那学期开学她一直没来，实在走投无路了才哭着给我们打电话借钱。

正巧我帮人翻译稿子，赚了平生第一笔外快，到手一分没动全转账给了室长。我们寝室几个七七八八给她凑了五万块，我们都还是学生，五万块不是小数目，真的是把买卫生巾的钱都拿出来了。

室长拿到钱就说了一句话：“我给你们写欠条，钱我会尽快还。”

我怒了，说你别恶心人。

“一定要还的。”室长说，“我爸一出事，我天天都在看亲戚朋友为钱撕破脸，再好的关系扯上钱都会变质。”

这话是对的，可是从她嘴里说出来让我特别心酸。

没过多久少爷过生日，室长带去一男的，说是家人安排的对象，要结婚的那种。我们都愣了，少爷发飙，那次闹得鸡飞狗跳，KTV都快被他砸了。

后来我问过室长为什么要这么做，她不说话，逼急了就说：“不合适了。”

印象很深的是大四那年寒假她打电话给我，我才知道她过年没回家——她妈不准她回去，怕债主找上门。

那天我陪她在电话里哭了很久。

我说你得坚强啊，你倒下了你妈怎么办？她说我他妈现在就只剩坚强了。

没有人生下来就懂得坚强，真的，这种技能只会在一次又一次的痛哭中催生。

毕业之后少爷无声无息地去了美国，我偶尔跟他聊MSN，有天晚上没忍住，跟他说室长压根儿没跟那男的在一起。

他说我知道。

我特傻地问："那你还爱她吗？"

我就看着左下角一直显示"对方正在输入"，他写了删，删了写，过了好半天，才回了一句："你觉得什么是爱？"

没等我回答，他就打过来一行字。

"我觉得爱一个人就像爱一只鸽子，鸽子要飞，他心里难过，但还是祝福鸽子越飞越高。"

我愣了半天，说："太伟大了，完全不是你的风格。"

他立刻回了一排大笑的表情。

我没笑，我知道屏幕那头的他也没笑。说来伤感，有些人就是这样，平时插科打诨从来不正经说话，可是安静下来的那一秒，你会突然发现，他心里什么都懂，他只是不说。

少爷走的时候托我给室长留了张卡，密码是她生日，钱应该不少，但即便是最难熬的日子她也没碰。

毕业之后室长回哈尔滨收拾她爸的残局，为了还债每天和叔叔伯伯喝酒，硬是喝出急性胆囊炎进急诊。刚毕业那段时间我们天天打电话，骂各自遇到的极品和奇葩，挂电话之前会笑嘻嘻地嘱咐对方要笑着活下去。

渐渐的我们联系也少了，各自忙各自的，最近看她朋友圈经常在抄经文，我给她留言，"施主，您这是皈依我佛了？"

她回我两个字——安心。

也不知道什么事情让她不安心。

前段时间她来北京出差，我俩在后海一个酒吧碰面，坐着聊了会儿，酒吧里的歌手特别像年轻时的李宗盛，他在唱《爱的代价》。

“还记得年少时的梦吗？像朵永远不凋零的花，陪我经过了风吹雨打，看世事无常，看沧桑变化……”

那一瞬间特别伤感。

我跟她说少爷回国了，她没有接话，我不知道她是喝醉了，还是假装没听见。

青春就像一场飓风，轰轰烈烈席卷而去，我们在满目狼藉中踩一脚，能踩出一地砖头瓦砾。

说真的，我怀念过去的她，那个不看佛经也能安心的室长，单纯不谙世事，天真充满热情，不知胆怯为何物，哭和笑都很潇洒。

我突然想起读书的时候，有一回我和她打赌，她输了，我让她给喜欢的人表白，她说没有喜欢的人，我说那你就随便找个人吧。她就真的随便找了一个人，有个男生吊儿郎当地提着水瓶路过，室长拍拍人家说：“喂，你等一下。”

男生回头问：“干啥？”

室长说：“我喜欢你。”

那男生愣了：“可我不喜欢你啊，你谁啊？”

她特酷地说，“我只是通知你一下，没问你意见。”

她跟少爷就是这么认识的。

002 ///

高中时我们学校有个特别漂亮的女生，就叫她女神吧。我第一次见到女神，有种段誉见到王语嫣的感觉——恨不得立刻跪下喊神仙姐姐。

她高二转来我们学校，那时正好赶上军训，我们一个个被训得灰头土脸，仿佛地里的土豆成了精。女神被教官带着上台自我介绍，胸大腰细肤若凝脂，硬是把那套丑得人神共愤的军训服穿出了制服诱惑。

我指着她跟旁边的人小声说："像不像我军派出去色诱敌人的女特务？"

漂亮分很多种，有刘亦菲型的漂亮，也有范冰冰型的漂亮，女神16岁时已经有了后者的风范，这类女人的共同点——只要她一出现，你就不得不拉响脑海里的红色警报，提高警惕，时刻提防她和你的男朋友乱搞男女关系。

事实上，女神也确实很擅长搞男女关系，军训还没结束，她就迅速抢走了我们文艺委员的男朋友，那男生长得像王力宏，唱《forever love》可以乱真。

文艺委员哭得死去活来，但很快她就不哭了，因为女神两个星期后就蹬了假王力宏。

有个词语叫恃美行凶，简直就是为女神量身打造的。

女神是我们学校的风云人物，多少男生为她前赴后继，我觉得有些人大概自出生就带着名胜山川的气场，让豪杰们都抑制不住提笔挥毫写下到此一游的冲动——真不知道要拜哪个神仙才能修得这种命。我不甘心地问我哥："你们男的是不是都只看脸？"他说："废话，灵魂太抽象，还是看脸比较直观。"

关于女神的传言有很多，最著名的有两个，一个是说她家有两座煤矿，她爸给她的零花钱是每星期一千。另一个说她之所以转学，是因为和上一所学校的男老师乱搞，还堕过一次胎。

据说两个女生同时讨厌另外一个女生，那么这两个女生会迅速成为朋友。在我的记忆里，女生们好像都很喜欢讲女神的坏话，只要提到女神，大家都会迅速找到共同话题。拜女神所赐，我们全班女生相亲相爱，无比团结。

与之相对的是，女神一直没什么朋友。

但她也不在乎，目中无人我行我素，酷得让人咬牙切齿。

我以为女神会这么一直酷下去，直到她九十岁坐在轮椅上依旧是一个独来独往的高冷老太太，但事实却是，高三快高考的时候，她退学了。

也不知道是谁先传出来的，说女神根本不是什么千金小姐，她爸在XX路摆摊卖鸡杂粉，女神每个周末都会去帮忙。

还有人跑去我们学校的贴吧里发照片，照片是偷拍的，很模糊，但是是女神没错，头发随意地挽了个髻，戴着胶手套蹲在路边洗碗，都这样了还是很美，特别像《忘不了》里演小巴司机的张柏芝。

可是女神居然去卖鸡杂粉，简直比卖淫还让人震惊。

从此之后校花成了笑话，鸡杂粉三个字成了永不过时的笑点。有一天早上去学校，我们班门口围满了人，不知道是谁把女神的照片贴在黑板上，旁边写了一行字——来吃我的鸡杂粉吧。

女神面无表情地走进教室，放下书包背政治，仿佛没看见。

快高考时发生了一件事。我们班有个男生，以前追过女神，女神看不上他。有一天他突然说要请客，晚自习时还真来了个中年人，骑着残疾三轮车，送了四十多碗鸡杂粉过来。

我向来迟钝，那天突然灵泛起来，一下猜出这是女神的爸爸。

男生使唤这中年男人把粉一碗一碗端到我们桌上，一群男生哄笑着，突然提高音量对中年男人吼道："你这汤馊了，我不要了，你抬回去。"

中年男人老实巴交的，赶紧辩解："我刚熬出来，怎么可能馊。"

班上有人看热闹不嫌事大，跟着起哄："就是馊的，我们全班都可以作证。"

中年男人涨红了脸，还想和他讲道理。

男生说："今天要么你在这全部吃完，要么你带回去，不然我就去消协告你。"

一群人气势汹汹，逼着中年男人一瘸一拐地默默把粉又带回去。

我实在看不下去，帮他抬了几碗，他赶忙说不用，放着我来，你别把手弄脏了。

那男生骂我多管闲事。

就在这时，女神买饭回来，正好撞上这一幕。

她让她爸停下，从地上端了一碗粉摔在那男生面前说："吃了。"

男生不吃。

女神怒了，揪着他的领子说："我他妈让你吃了！"

"有爹在你底气足了是吧？不就是个卖鸡杂粉的瘸子吗？拽什么啊！"

女神爸爸赶紧来拉她，说算了算了。

这时候班主任也来了，指着他们骂："马上要考试了，你们别惹事。"

然后女神做了件我们都没想到的事，她直接抬手把那一碗汤粉泼到男生头上，然后把碗一摔，"大不了我不考了。"

她就这么走了，再也没回来。

我很多年都没她消息，都快忘了这个人。前年在朋友的朋友的聚会上遇到她，才知道她改了名字，现在在某个视频网站做主持人。

她硬拉着请我吃饭，说谢谢我当年帮过她爸。

那顿饭我吃得特别不是滋味，脸红得要命，总觉得当年那在场的四十多个人，包括我，我们都是帮凶。

她告诉我后来她读了自考，临近毕业的时候网站在她们学校选秀，她得了冠军，然后就来了北京。说到高中那件事，她说那个男生后来在人人网上找过她，给她道歉，说是看不惯她撒谎骗大家才那样做的。

"可是我从来没说过我爸是富豪，我也从来没堕过胎，整个高中我就谈过一次恋爱，只谈了两个星期，他追我的时候没告诉我他有女朋友。"

女神这样说。

后来我一个朋友做栏目需要采访主持人，我找了女神，她很痛快地答应下来。

我跟着她去录了期节目。她主持的是一档美妆节目，一个节目有六个主持人，跟一个模子里刻出来似的，统一胸大腿长腰细，穿得格外清凉。女神站最边上，全场只说上了四句话。

她说自己当年刚来北京，穷得车都打不起，凌晨录完节目就去麦当劳坐到天亮，等第一班地铁回家。好不容易有机会去给电视剧试镜，对方言辞凿凿说定下没跑了，有天晚上她突然接到制片人的电话，说："我在XX路开完会，你家就在附近吧，我过来坐坐。"

女神没让他来，后来那电视剧自然就没她什么事儿了。

说这话的时候我们在她公司楼下吃饭，结账时老板给抹了零，我开玩笑说长得漂亮就是占便宜，她说："有什么用，占的都是小便宜，吃的都是大亏。"

今年她演了个网剧，我看了几集，她挺努力地在演，但不是科班出身，角色也不讨好，底下的评论百分之八十都在骂她。

小三脸，没文化，没演技。

女神什么都没解释，继续埋头拍戏，主持，偶尔兼职拍杂志内页广告，累得一天只睡三小时。

今年过完年我去给她探班，她演一个古装剧。山上风呼呼地吹，她穿着厚厚的军大衣和我坐在岩石上啃包子，对面是光秃秃的山丘。

她说她报了研究生考试，想考北影。

我问她怎么会突然想去读书。

她自嘲地笑："当年耍酷一时爽，欠的债终究还是要还。"

人家骂她没文化，她不还嘴，但她记着呢。

有些人事情还没做但敢说自己做了七分，有些人做了七分只说三分，然后默默做足十分。她是后者。

场务叫她去试光，我说去吧，我也该走了。

她点头，脱了军大衣，那天零下2摄氏度，我看着都冷。

她突然很认真地跟我说：“你知道吗？那些嘲笑别人是花瓶的人，她们唯一的强项是当不上花瓶。”

我还在发愣，她已经朝摄影机奔去。

然后我发现了一个有意思的细节，女神跟人挥手再见的时候总是头也不回地向前走，高高地向后挥挥手。

她永远在向前走，不回头。

003 ///

大学时睡我下铺的姑娘叫小C，是个萌妹子，无论你说什么她都会瞪着圆溜溜的大眼睛听得特别认真，然后捧场地问：真的吗？然后呢？你好厉害！

她是重庆人，皮肤好，又白又嫩，室长买了个单反经常拍我们练手，小C白得发亮，一拍她就过曝，气得我们牙痒。

有一年暑假她去体验生活，在工行当95588接线员，有个脾气不好的客户打来电话，愤怒地说：“你们脑子里装的是什么？都是屎吗？”她想了想，认真地回答：“不是呀，我们脑子里装的都是客户。”

然后……她就被投诉了。

又一年暑假，小C去一所寺院里禅修，身份证和手机都上交，7天不许说话。禅修的内容有打坐、静观、冥想。

回来我问她有收获否，她点头。

“我学会了专注。”小C回忆道。

“静观的时候我摒弃了所有红尘杂念，脑子里只有一个念头，确切地说是两个——什么时候吃中饭？什么时候吃晚饭？”

据她说寺庙里的素菜特别好吃，而且不要钱。

她是个七百度大近视，但她臭美，从不戴眼镜，五十米开外男女不分，一百米开外人畜不分。

我问她看不清怎么办，她说眯着眼睛看啊。我说难怪了，老觉得你看人色眯眯的。

我们学校比较偏僻，出租车很少，偶尔有黑车在学校后门拉客。有一天我俩出去逛街，我让她在原地等着，我去马路边拦车。

拦了半天没拦到，突然听到她喊："小乔快过来，我拦到车了！"

回头一看，这姑娘正拉开一辆宝马x5的门，眯着眼睛冲人喊："师傅，走吗？"

我把她拉出来，指着车头跟她说："你看清楚，人家开的是宝马。"

她"咦"了一声，眯着眼睛凑近一看。"哎哟！还真是BMW，怎么长得跟黑车似的！"

我都没忍心看人家宝马车主，估计脸都绿了吧。

小C的长相乍一看觉得一般，仔细一看又觉得这姑娘长得特别顺眼，让人特有保护欲。室长经常捏着她的脸感慨："长得这么招人喜欢，怎么会没男朋友呢？"

这得怪小C她妈，C妈是个政治老师，长期秉着惩前毖后治病救人的精神，高举中学生不得早恋的旗帜，采用各种方法棒打鸳鸯。在C妈的教育下，小C觉得读书和恋爱这两件事无法兼容，所以虽然追求者众多，但她一直没谈恋爱。

可是在大学里不谈恋爱，何以话人生啊，于是我们逼着她去参加各种联谊，整个大学小C的状态就是——不在被逼着联谊，就在被逼着去联谊的路上。

后来有一天她告诉我们，她有男朋友了。

我们都表现得很淡定："哪个班的？叫啥？"

她扭扭捏捏地说了个名字："XXX"

XXX是大名鼎鼎的外语系系草啊，据说是朵高岭之花，长得帅，成绩好，人品佳，还一直没对象。

我当时的感觉就像得知不孕不育的老婆突然怀了对龙凤胎，或者一个输红眼的赌徒拿到一把皇家同花顺，总之，不敢相信是真的。

小C和系草的相识过程狗血得堪比八点档偶像剧。

那个学期小C选修了日语，快考试了，她觉得可能会挂，正好室长有个干弟弟是日语专业的，就让弟弟帮小C补课。

在弟弟面前也不用注意形象，小C穿了双人字拖和皱皱巴巴的大T恤，满心欢喜地往外语学院跑，路上还买了个大西瓜。

走之前我问她："你记得弟弟长啥样吗？"

她说记得记得，跟他吃过一顿饭，高高瘦瘦挺帅的。

她跑到图书馆楼下，左等右等不见人，干脆坐在楼梯上抱着西瓜吃起来。吃完一半发现边上站了个人，眯着眼睛一看，嗯，高高瘦瘦，挺帅的。

她屁颠屁颠地跑过去，把西瓜往人家手里一塞："走吧，抓紧时间。"

小C同学五行缺心眼，她完全没注意到男生错愕的脸，直接把人家拐进了自习室。

后来我问她："你就一直没发现认错了？"

她说："没有啊，我还一直在想室长的弟弟长得真好看，睫毛长得跟涂了睫毛膏似的。"

那男生吃了她半个西瓜，老老实实坐下来给她讲了两小时课。结束时小C问："明天继续吗？"

看着她那色眯眯直勾勾的眼神，男生犹犹豫豫地点了点头："继……继续……"

今年我去参加他们的婚礼，系草的室友爆料，那天系草回去第一件事就是翻出大一学的《新编日语》，室友问你要做甚？系草叹气，无奈答："备课。"

小

刀同学的去与留

NO.14

001 ///

突发奇想养只狗，跟F君商量，他看了我一眼说：“我们家不是已经有一只了吗？”

我忍气吞声，“就不能再养一只吗？”

“不行，家里有一个好吃懒做的就够了。”

我：……

我锲而不舍：“养狗很好的，培养耐心，为以后我们养孩子做准备。”

“不要，我最讨厌毛茸茸的东西。”

“你小时候家里不是有只金毛吗？”

“那是我爸养的，迫不得已。”

“你不是想让我陪你跑步吗？你让我养狗我就答应你。”

好说歹说了一个月，他终于松口答应，正好朋友捡到一只被遗弃的雪纳瑞，我就乐颠颠地抱回来养。

刚抱回来的时候它又臭又脏，F君十分嫌弃，“怎么这么丑？”

“别这么说，人家只是美得不明显。”

我带它去打疫苗，回来蹲浴室里给它洗澡，F君倚着门看我们俩，我笑嘻嘻地抬头跟他说：“孩子他爸，给取个名字。”

他皱眉：“随便吧……你小心别被咬。”

“叫什么名字呢？dollar（美元）怎么样？我爱dollar，愿dollar时刻陪伴我。”

原本懒洋洋趴在地上的小狗像听得懂似的，噌一下抬头看我，F也被逗笑了。

002 ///

小刀前肢残疾，小短腿跑起来一瘸一拐特别蠢萌，我带它出去遛弯，这家伙呆头呆脑一路埋头闻，咚一声撞电线杆上，被撞得晕晕乎乎转了两圈就不认识我了，跟着别人屁股后面跑了半天。

我哭笑不得，“这孩子怎么这么呆？”

F君冷笑：“随它妈。”

……

003 ///

有时候我犯懒不想下楼，央求F君带小刀下楼大便，他各种不乐意，被我缠得不行才勉强答应。

有一回我加班回来晚了，正好遇到他们。某人手抄口袋心不在焉地走在前面，小刀颤颤巍巍地跟在后面，偶尔闻闻草丛，某人回头眼风一扫，吓得小刀立刻一瘸一拐跟上去。

迎面走来一只大松狮，我心里咯噔一下，可能是小时候被咬过有阴影，小刀很怕大型犬。F君走了两步发现它没跟上来，回头看看被吓得不敢走的小刀，一人一狗对视了一会儿，只见F君面无表情地走过去一把将小刀拎起来，直到松狮走远了才放它下去。

回去我就逗他，“其实你很喜欢我儿子嘛。”

他白眼一翻，“我干吗喜欢这只笨狗。”

004 ///

过了一阵子小刀终于不怕生了，有天F君坐在沙发上上网，我洗澡出来，看到小刀趴在地上把F君的拖鞋当枕头睡得正香。

F君骂它："胆子越来越肥。"

我去鞋柜重新给他拿了双拖鞋，没忍心吵醒它。

005 ///

还有一回，晚上我催F君去洗澡，这厮磨磨蹭蹭赖着不动，一会儿玩玩游戏，一会儿看看球赛，把我惹火了，我说你再不去我就把你电脑砸了！

他眨巴着眼睛看看我，又看看小刀，然后一本正经地对小刀说："我不是告诉过你不要惹妈妈生气吗？她更年期，我们要体谅她。"

我：……

006 ///

F君出差，提着箱子走到门口又倒回来，我以为他忘了拿东西。小刀摇着尾巴跑到他跟前，他蹲下来认真交代："我不在家的时候你要保护妈妈……"

007 ///

F君不准小刀进卧室，但小家伙怕黑，晚上睡觉我偷偷给门开个缝隙，等我们睡觉了它就进来趴在床边的地毯上，每天早上醒来都能看见小刀伸着舌头坐得笔直地望着我们。

我对它说："还不快出去，爸爸要生气了。"

它听不懂，还以为我在逗它玩，跳起来趴在床沿上舔我。

F君在一旁叹气："慈母多败儿……"

008 ///

小刀很温驯，从来没咬过人，有一回它在地上乱吃东西，我看到有玻璃碴，想都没想直接掰开它的嘴抠出来——它刚来的时候F君还老担心它会咬我，后来他担心我心情不好时会去咬它。

009 ///

小刀出去溜一圈回来嘴里衔着东西，我扒出来一看，哟，居然是朵玫瑰花。

我啧啧感慨："看看，我儿子出息了，知道给我送花。"

然后又斜眼看某人："有的人连谈恋爱时都没送过我花呢。"

他说："谈恋爱的时候没送过，现在就更不会送了。"

我气得让小刀咬他。

他的表情万分嫌弃："老夫老妻了还送什么玫瑰花，我送你工资卡，让你随便花。"

我一想，有道理，还是孩子他爸有头脑。

010 ///

为了图方便，我一直是中分直发，没烫没染。上回去剪头发，本来只是想稍微剪短一点，结果被发型师忽悠烫了个大卷，然后，噩梦就开始了。

烫之前要先剪，我看他手起刀落剪了一大截，便问：“会不会太短？”

“不会，修出层次烫出来才好看。”

他在烫的时候我又隐隐感觉不太妙，忐忑地问：“这样会不会不太适合我？”

“这个叫空气烫，今年最流行的，你脸小，烫出来效果一定好。”

好吧……听专业人士的。

四个小时过去，随着造型师一声“完工啦”，我抬头一看——该怎么形容那一刻的心情呢？万念俱灰生无可恋……

在朋友圈发了张照片。

女神问：你受什么刺激了？

我：以前的发型丑得都没勇气出门。

女神：那你现在应该没勇气活下去了吧。

我：让我一个人静一静。

女神：我介绍个造型师给你吧，希望还有救。

我被打击得欲哭无泪，夜里对着镜子左看右看：“等长了之后剪短也许会好一点吧？”

F君放下书，仔细看了看：“也还好。”

“不丑吗？”

他拍拍我的头：“不丑，很可爱。”

我立刻满血复活，被打击了一天的心啊，终于缓和了片刻。

他云淡风轻地补刀："现在跟小刀更像母子了。"

我：……

011 ///

我跟F君工作太忙，实在没空照顾小刀，只好把它带回老家给妈妈和外婆养。

有天妈妈给我打电话，说小刀不见了，到处都找不到，把我吓得不轻。过了一会儿，妈妈又打电话来，说找到了，小刀居然跑到我的房间，趴在我的床上睡着了。

妈妈说："它可能是想你了吧，那里有你的味道。"

听得我眼泪汪汪。

浮

生半日闲

NO.15

001 ///

我婆婆是个特别风趣的人，F君总说我跟他妈妈很像，我说是因为我们都爱调戏你吗？

F君以前有个“绯闻女友”，是他们邻居家的女儿，婆婆最大的娱乐就是开涮她儿子。动不动就说：“你怎么不去找我儿媳妇玩？”

F君刚开始还辩解：“你别胡说。”

“我儿媳妇不是她吗？难道你有别人？”

“不是！”

“那就只有她咯。”

“……”

带F君去买衣服，两个颜色拿不定主意，婆婆说：“要蓝色吧，我儿媳妇应该会喜欢蓝色。”

F君无语：“你儿媳妇是谁，我怎么不知道。”

后来我去他们家玩，婆婆就闻到了“奸情”，每年家长会都是F君最惊心动魄的时刻。

婆婆看到我妈特欢乐：“我去跟我亲家母打个招呼。”

“不要！”

“那我去跟我儿媳妇打个招呼。”

“不要！”

“儿子，你这样不行啊。”

连日理万机的F君爸爸都找F君谈话：“我并不完全反对早恋，但你要适可而止。”

F抓狂了，“我没有早恋！应该适可而止的是你老婆才对！”

002 ///

聊到生小孩的话题，我说：“如果以后有了小孩，我不盼他大富大贵，只希望他做个快乐的人。”

婆婆说：“嗯，我怀F的时候也是这么想的，什么都不盼，只盼一件事。”

“什么？”

“一定要帅。”

“……”

她给我看F小时候的照片，说：“我一直怀疑F是在医院抱错了。”

“为啥？”

“我这个性格怎么可能生出一个闷油瓶。”

“他……遗传爸爸吧。”

“后来他上学，我就更怀疑了。”

“为啥？”

“我生的儿子怎么可能学习那么好。”

“……”

她翻着照片喃喃自语：“可是这么帅的儿子，除了我也没人能生得出来。”

“……”

003 ///

F君说他小时候最大的心愿就是脱离他妈妈的“魔掌”。

我问为什么？他悲愤不已地回忆，“我妈是我见过控制欲最强的人，我从小到大所有事情，大到读什么学校，小到第二天穿什么袜子她都会插手，她还会规定我每天穿的衣服，从内到外，从头到脚，我不按她的要求穿她就生气，太可怕了。我爸究竟是怎么忍受她的？”

我：“我是怎么忍受你的，公公就是怎么忍受婆婆的吧。”

他：“……”

我：“你说她知道你这么说会有什么反应？”

他：“杀了我。”

我：“很好，你有把柄抓在我手里了，我已经录音了。”

他：“……”

004 ///

F的学霸小侄子暑假来北京玩，在我们家住了一段时间。

小侄子特别乖，每天早上八点就起床，半小时背单词半小时练书法。

我问F：“你小时候也这样？”

F点头：“我们家的小孩都这样。”

我怒吼：“那你现在怎么一到周末就睡到日上三竿还要我把早餐送到床上吃？你们家的传统美德呢？！”

他腼腆一笑：“没办法，近朱者赤近墨者黑。”

005 ///

我很喜欢小侄子，逛街看到好吃的好玩的都要买给他。有一天他突然对我说：“你不要再买东西给我了。”

我问为什么。

他说：“虽然我很喜欢，但我总感觉自己在啃老。”

我一口水喷出来，孩子，这个词真的不是这样用的。

006 ///

跟小侄子混熟了之后，他终于肯向我吐露他的心声。

“我们班上有个女生，总偷东西。”

“啊？！她偷了什么？”

“很多，我的学生证，我的作业本，我的门禁卡……”

“等等，她是所有人的都拿还是只拿了你的？”

“只拿了我的。”

我大笑，“人家小姑娘喜欢你吧！”

小侄子脸一红，“她总是……做奇怪的事。”

“漂亮吗？”

“我不觉得，但是我们班好多男生都喜欢她。”

“你喜欢吗？”

他沉默了，憋红了小脸不说话，过了好半天，少年老成的小侄子托着腮长叹一声，“可是……我担心她跟不上我的脚步啊。”

我又一口水喷出来，斜眼看F，“你们家小孩都这样？”

他急忙撇清，“我可没有。”

007 ///

小侄子问我：“你跟F叔叔为什么不要孩子？”

我：“呃……因为我们现在都很忙，没时间照顾小孩呀。”

“可是你把我照顾得很好啊。”

我听了有种为人母的欣慰，对他说：“如果我以后有了小孩，你也要像我照顾你一样照顾他哦。”

“好的！”他和我拉钩，“我一定会很疼你女儿的。”

“为什么是女儿？儿子不行吗？”

“我妈妈说女儿比较像爸爸，所以你一定要生一个像F叔叔的女儿。”

差点忘了这家伙是个叔控……

008 ///

其实我觉得小侄子蛮可怜的，缺少放肆玩耍的童年，只有重得要用拉杆箱拖的书本和无数的补习班。

他偷偷跟我说，他喜欢和我在一起。我问为什么？他说好玩啊。

我们家简直是小孩的天堂，想在床上吃饭，OK啊！想躺着看电视，OK啊！想把暑假作业堆到最后一天再做，OK啊！晚上十一点想去麦当劳吃薯条，OK啊！想给漂亮女同学写情书，OK啊！

F痛心疾首地说我："他会被你惯成混世魔王的。"

我说："你要不要去采访混世魔王，他一定过得比书呆子幸福。"

为什么这么多大人热衷于把自己的小孩训练成一个车间出产的标准产品，为此不惜牺牲孩子的想象力、创造力以及独立思考的能力？

009 ///

每年过年回老家，全家有个必备娱乐项目——嘲笑不会打麻将的我。

在他们眼里，不会打麻将简直是奇耻大辱，逢年过节，吃完饭，麻将桌摆好，四方齐齐坐上桌，只剩我一人默默在沙发上看电视陪小朋友玩，我和小侄子的友谊就是这样建立起来的，别的大人都在打麻将，只有我肯陪他。

小侄子问我："你为什么不和他们打麻将？"

我说："因为我要陪你啊，否则你多无聊呀。"

旁边某人无情地拆穿了我，"因为她笨。"

我："……"

"我只是不屑学而已。"

某人："那就是学习能力差。"

我："……"

F妈妈："别理他，打完这一圈你上。"

某人立刻阻止："不行，她上来我赢多少都赚不回来。"

我："……"

010 ///

和他去看李宗盛演唱会，名字叫"既然青春留不住"，这名字真是太让人伤感了。

现场老李调笑，"嗓子打开了就一起唱吧，虽然……也许当年和你听这首歌的人不是旁边这个。"全场爆笑。

回来的路上，我问他最喜欢老李哪首歌。他想了想，说："《我是真的爱你》，在外面读书那几年，这首歌不敢听。"

我脑补了一下他一人在异国他乡的深夜，听到"从此为爱受委屈，不能再躲避，于是你成为我生命中最美的记忆。甜蜜的言语，怎么说也说不腻，我整个世界已完全被你占据，我想我是真的爱你"时泪流满面的场景，不禁心头一酸。

"这首歌是不是唱出了你的心声？"

"嗯。"

"你很想让我唱给你听吧？"

"不是。"

"啊？"

"我听的时候就想，以后一定要逼着你唱给我听。"

"……"

这位朋友，我们按正常套路来好吗？你随便改台词我不好接戏啊。

011 ///

公司组织去泰国玩，正好F君有一周的休假，于是提着箱子屁颠屁颠地跟来了。

这家伙是个特别无趣的人，不管去哪旅游，他不去景点也不照相，活动范围不会超过酒店周边100米，在咖啡厅一坐就是一下午，我让他去骑大象，他嫌脏，带他去看寺庙，他说我不信佛，问他想吃什么，他认真想了想：我要吃水煮肉片……

我也真是服了他。

看他大老远跑这里来一个人待着我实在于心不忍，于是取消了行程，早上起来他见我没走，问："你今天去哪？"

我说："哪都不去，陪你。"

他喜上眉梢，牵着我去楼下喝咖啡。

同事玩了一圈回来，发现我俩面对面坐着，一个在看报纸，一个在赶稿子。同事摇头说："你们绝对是史上最无趣夫妇。"

胡说，我明明很有趣！都是被他害的！

012 ///

我发现了，F君的智力忽高忽低，随心情变化，心情好的时候智商就退回到婴幼儿阶段。

他跟我出来玩心情就特别好，从F君变成F小朋友。

F小朋友昨天晚上在酒店做泰式按摩，爽得真是通体舒畅，回来拉着我一个劲地说："你去跟人学学，以后我下班你每天都帮我按。"

我笑眯眯地说："好呀，那我马上辞职，明天就来酒店上班，先按100个练练手。"

他大怒："不行！你怎么能按别人呢！"

我："不是你要我跟人家学的吗？"

他气鼓鼓地想了半天，最后无限惋惜地说："那还是算了，你别学了吧……"

我笑得十分满意，关灯睡觉。

过了一会儿，我突然说："我觉得我得对你再好点。"

他问："为什么？"

我："关爱智障少年，人人有责。"

013 ///

带他出来有一个好处，不用地图，这家伙脑内自带GPS系统，无论走到哪，他都能准确找到回我们酒店的路。

跟同事出来逛夜市，迷路了，两个人大眼瞪小眼。我说："我问问我们家导盲犬。"

同事大惊："你把导盲犬带来了？"

我点头，发微信，两秒后传来F君的声音："又迷路了？"

同事大笑。

从那之后F君在同事眼中的光辉形象就这么毁了。

我们的日常调侃变成了，她："怎么不把F君牵出来？"

我："他在咖啡厅趴着呢。"

她："你要经常牵他出来遛遛弯儿。"

我："我买个飞盘给他回去自己玩。"

……

这事儿某人还不知道，知道估计要把我灭了。

014 ///

去看人妖秀，问F君去不去，他摇头，"我没兴趣看男人。"

我眉毛一挑："你有兴趣看女人？趁我不在的时候没少看别的女人吧？"

他面不改色："我只有兴趣看我的女人，你早点回来。"

这家伙反应太快了，在斗嘴这件事上永远没法赢他。

在餐厅看到一个美女，特别惊艳，偷拍了发给他："快看美女！"

他回："我觉得拍照的那个更漂亮。"

我拿着手机傻笑半天，同事伸头过来看，把我暴打一顿。"你居然说他不会甜言蜜语，他是高手中的高手好吗！"

015 ///

F君总有些奇奇怪怪的坚持。

比方说，他感冒坚决不吃药，坚信多喝水和运动就会好。

"你已经打喷嚏打了一周了，赶紧吃药去！"

“不吃，会好的。”他戴着口罩淡定地说。

又是一周，他依然喷嚏不断。

“你再这样下去我就要把你带到医院去了。”

“不用，会好的。”

又是一周，他还是死都不吃药，我问为什么，他说：“我奶奶是医生。”

“然后呢？”

“她从小告诉我是药都有副作用，人自身有抵抗力，多喝水和运动感冒就会好了。”

我一巴掌拍过去，“那奶奶有没有告诉你，不听老婆的话会死得很惨！”

016 ///

周六早上被饿醒，想起冰箱里有芝士，我问F君想不想吃，他点头。我让他去拿，某懒鬼不想动，要和我剪刀石头布。我输了，也不想动。

我俩磨蹭了十分钟，最后决定饿着继续睡，他长叹一声：“是时候生个孩子出来给我们使唤了……”

我满头黑线地脑补了一下以后孩子问我：妈妈，你们为什么生我？

答：因为爸爸妈妈太懒，家务活儿总要有人做呀。

017 ///

在家大扫除，阵雨过后天空被洗刷得湛蓝湛蓝的，白茫茫的云无边无际。我晾完衣服，抱着西瓜躺在MUJI的懒人沙发上一勺一勺挖着吃。夏蝉在枝头嗡嗡叫，云上的风轻轻吹，后背被晒得暖暖的，我心情特别特别好。

我突然说："小时候我妈问我长大想做什么。"

"你怎么回答？"他问。

"我说，我想晒着太阳吃西瓜。"

他笑出声来。

"真的，我就喜欢这样，阳光，落地窗，洗干净的衣服，没有着急要办的事，可以吃着西瓜看一下午书。"

"就这些？"

我回头，他正看着我。

我笑眯眯地说："还有你呀，你是我在这个世界上最最喜欢的。"

杀

死那些玛丽苏

NO.16

001 ///

郝五一现在在出版社工作，每天有无数的稿子需要看，看到崩溃就给我狂吐槽。

郝五一："好无聊……"

我："不用改稿子吗？"

郝五一："我是说稿子好无聊，千篇一律都是霸道总裁爱上我的故事。"

我："读者爱看。"

郝五一："读者其实也看厌了，应该写点新鲜的。"

我："《霸道厂长爱上我》？"

郝五一："哈哈哈哈哈，这个好！"

我："《冷酷包工头的契约情人》。"

郝五一："《重生之爱上车间主任》。"

我："《先婚后爱：计生书记的小蛮妻》。"

郝五一迅速写好文案：

他，英俊多金，狂放不羁，是掌管着全村生产安排的男人！十里八乡的农产品展销会上，他一眼看中她。在莲花村呼风唤雨的他却只愿细心呵护她一人。

他送她万人垂涎的牛头牌限量拖拉机，一掷千金只为换来她的如花笑颜。他带她去田埂看收割，只为她能想起过去的时光。

她逃，他追，他们都插翅难飞，他中了她的毒，病入膏肓。

"皇甫铁牛，你得到我的人也不会得到我的心。"

男人黑眸幽暗如夜，薄薄的唇近在咫尺，"苏翠花，我不介意和你玩禁忌游戏……"

她闭眼，垂泪，洁白的床上盛开一朵雪莲。

002 ///

又一日，郝五一深情呼唤我，给我发来一段文字截图：

“说时迟那时快，二皇子一把夺过侍卫手中的弓箭，暴怒，离弦的箭瞬间击中四皇子的心脏，天边一声雷响，闪电划破天际。看着四阿哥摔下马，那一箭如同刺进我的心。

我秀丽的脸上喷溅了点点血迹，望着倒在血泊之中的四阿哥，我惨白着脸，心惊得全身战栗，撕心裂肺地发出一声凄厉的惨叫。

‘不！——！’”

我：“有问题吗？”

郝五一：“为什么女主角们崩溃的时候都会喊不？”

我：“那应该喊什么？”

郝五一：“一般这种情况我会脱口而出哎哟我晕！”

我：“难怪你当不了女主角！”

003 ///

郝五一深情呼唤我系列2。

郝五一：“在吗！”

我：“在。”

郝五一：“我收到一个稿子，是个江湖文，女主成立了一个门派，叫大阑门。”

我：“有问题吗？”

郝五一：“我觉得阑门这个词有点眼熟，顺手查了《现代汉语词典》，差点吓哭，阑门是中医名词，指大肠和小肠的交接处，这个门派是肛肠医院吗？！”

004 ///

郝五一深情呼唤我系列3。

郝五一：“这个稿子太可怕了，是个民国文，男主是女主的姐夫，男主莫名其妙地爱上女主，然后莫名其妙地甩了自己的原配，逼着原配流产。女主小三上位还天天寻死觅活，一边觉得对不起姐姐，一边和姐夫打情骂俏，这是什么奇葩剧情啊！男女主一起去死吧别祸害别人了！”

我：“哈哈哈哈哈哈哈。”

郝五一：“我决定了！我要自己写一本书，讲一个图书编辑改稿改到吐血身亡，睁开眼穿越进言情小说的世界，奋发图强成立一个地下组织，专门暗杀这种只顾自己谈恋爱不顾别人死活的狗男女，名字都想好了，就叫《杀死那些玛丽苏》！”

005 ///

我建了一个微信群名叫不老少女，把闺蜜们拖到一起每天交流各种八卦资讯，上回某某明星嫖娼被抓后，少女们展开了热烈的讨论。

室长：天啊，他不是专门演好男人吗，居然去嫖娼。

小C：好龌龊。

我：不管是谁，嫖娼真是不能原谅。

女神：其实主要还是因为他不够帅。

小C：长得帅就能原谅了吗？！

女神：你设想一下如果被抓的是吴彦祖……

小C（立刻改口）：他一定是被陷害的！

我：吴彦祖嫖娼肯定是为了深入角色，真是个好演员！

小C：他要真被抓了我天天去给他送牢饭。

女神：你们的节操呢……

006 ///

今日讨论话题——女人最讨厌什么？

郝五一：在淘宝看中的裙子在犹豫的瞬间被人抢走——还是最后一件。

我：对，那种感觉生不如死。

室长：我每次在淘宝买东西都会拖延很久，只有一种情况我会毫不犹豫地付款——库存1件。

小C：我最讨厌言而无信的男人！

我（闻到八卦）：你男人咋了？

小C：他明明答应我年假一起出去旅游的，我攻略都打印了十几页，结果这家伙临时取消了，骗我说家里有事，结果被我发现他其实是陪他一个朋友去医院了！

郝五一：去医院？他朋友怎么了？男的女的？不会是妇产医院吧……

小C：呸！他有那胆子吗？这家伙去的是整形医院！陪他那个朋友开双眼皮去了！

我：哈哈哈哈哈哈哈哈哈哈哈哈哈哈哈。

小C：这不神经病吗！快三十的大男人跑去开双眼皮，还说是因为找了个特有名的大师看面相，大师说他单眼皮遮住了财运。

室长：大师是整容医院的托儿吧，哈哈哈哈。

郝五一：他在哪家做的？效果好吗？几天消肿？多少钱？

小C：你关注的重点在哪里？

女神：其实你们都错了，女人最讨厌TOP 1必须是男朋友的前女友。

室长、小C、郝五一（异口同声）：没错！！！！！

郝五一：这个世界上最讨厌的生物就是藕断丝连的前女友。

小C：我跟我男人刚结婚没多久，他前女友凌晨两点发短信给他，说最近心情不好总失眠。

郝五一：你男人怎么回的？

小C：他直接把手机给我了，我回了她四个字：关我屁事。

007 ///

室长以前读书的时候经常租言情小说看，以前每个学校附近都有一家租书店，书柜上密密麻麻放满了各种封面是美女的台湾言情小说。后来读大学，大家普遍都有电脑了，她上网下载小说看，她电脑里有两个G的TXT，她号称“人形TXT图书馆”。有天我突然发现，她居然开始写小说了！问为何，她答：“我在网上给一个作者大大留言，跟她说男二不应该这样这样，应该那样那样，男主和女主应该那样那样，女儿就会这样这样……作者说你丫闭嘴，you can you up（你行你来），我心想，那我就up给你看！”

室长就这样踏上了她的网络写手之路，我们表示鼎力支持，在她开坑当日，她要求众室友带她去吃顿大餐。等回到寝室，她沐浴更衣，打开电脑，我们屏息静气，不敢打扰作家。不一会儿，发现这家伙居然在看综艺节目，我大怒。

“室长！你不是说要写文吗？！”

“我在找灵感，看完这一集就去写。”

好吧。

看完综艺节目，她又打开淘宝。

“室长！你不是说要写文吗？”

“我准备把卡里的钱花完再写，这叫破釜沉舟！”

好吧。

购完物，她直接就睡了。

“室长！你不是说要写文吗？”

“我今天早点睡，明天一大早起来写。”

于是她一觉睡到第二天中午。

大学四年，室长一本书都没写出来，但是她妈妈不知道从哪知道她写文这事儿，逢人就说：“我女儿读中文系，是个作家！”

人家说真了不起，请问令千金写了什么书我去拜读拜读。

室长他妈：“我女儿低调，不让说，你也别说出去，我怕她不高兴。”

我大学四年被室长忽悠了无数顿饭，终于把这一招学了个十成十。

轮到我写书的时候，我们家经常上演以下情节：

F君："你今晚要写稿吗？"

"写，但是我现在好饿。"

"想吃什么？"

"火锅。"

"哪有大晚上吃火锅的。"

"可是吃饱了才有精力写稿子啊，我可是要熬夜的。"

"好吧。"

F君妥协，三更半夜带我出去吃东西，我吃得肚子滚圆，心满意足回来倒头就睡。

"你不是要熬夜吗？"

"哎呀，今天太晚了，我早点睡，明天早点起来写。"

毫无疑问，一觉睡到第二天中午。

某人咬牙切齿，"我再也不会信你的鬼话了！"

008 ///

有姑娘在微博上给我留言，把F君夸了一通，然后说我是"像埃菲尔铁塔一样坚韧的女子"。

我省略了夸他的那个部分，把夸的重点部分念给他听。

他听完之后特别真诚地问我："说你像埃菲尔铁塔……是因为重吗？"

是因为我坚韧啊啊啊啊！

009 ///

在微博上写"虽然我整天腻腻歪歪秀恩爱，但是说真的，爱情不是人生的全部，它是锦上添花不是救命稻草，女人除了年轻美貌被男人爱，难道不应该努力学习，不断成长，多一点智慧和温柔去建立自我的价值吗。眼界放宽些，这个世界比你想象的要广阔，你应该跟你爱的人一起去看天大地大，而不是抱在一起相互取暖。”

我觉得自己说得很有道理，简直充满智慧。念给F君听，他摸着下巴十分不满：“原来我只是锦上添花啊……”

010 ///

某人不满的地方还有很多。他表示坚决不看我写的东西，说我写得太矫情。

但是这家伙又压抑不住自己的好奇心，每当我对着电脑噼里啪啦敲字的时候，他就端杯茶状似无意地坐到我旁边。有时候我写到好玩的地方就哈哈哈地笑，他立刻假装嫌弃地问：“傻笑什么呢？”

我：“我想起我们同桌那天，我跑到你旁边坐下，你在听歌，我跟你搭讪问你听的是啥，你板着脸说是Beatles，表情特鄙视。”

他：“我说的是The Beatles。”

我：“都一样啦。”

他：“不一样，写东西要严谨。”

我：“是是是。”

他：“‘十五岁时我们共用一个课桌……’这里错了，我们9月开学，你那时候已经十六岁了。”

我："……"

昨天他看到我写的目录，特别不满。

"为什么写我的书里面，唯一一个'亲爱的'居然写的是郝五一？"

"你别自恋，谁跟你说这书是写你的？"

"难道不是写我吗？"

"这写的是我的青春。"

"你的青春不是我吗？"

我简直无言以对。

提

问与回答

NO.17

Q&A

▼ 请问两位的名字?

F: F。

Q: 乔一。

▼ 有外号吗?

F: 没有。

Q: 五道, 乔二, 乔任性, 乔美丽……太多了, 还有人叫我乔大娘, 乔阿姨的, 我假装没看见。

▼ 平时怎么称呼对方?

F: 名字。

Q: F君, F同学, F大爷, 有事相求的时候喊老公。

▼ 希望对方如何称呼自己?

F: 老公。

Q: 就名字挺好的, 千万别喊宝贝哈尼亲爱的, 从他嘴里说出来简直可怕。

▼ 手机铃声是?

F: 系统默认。

Q: 《Hey Jude》。

▼ 最喜欢的音乐类型?

F: 摇滚。

Q: 爵士。

▼ 最喜欢的乐队?

F: The Beatles。

Q: The Beatles。

▼ 第一次见到对方是什么感觉?

F: 这女的是谁。

Q: 这男的好拽。

▼ 请用一种动物形容对方。

Q: 大灰狼。

F: 草履虫。

Q: 那是什么?

F：一种没有脑子的单细胞生物。

Q：人家题目问的是动物。

F：好吧，哈士奇。

Q：为什么？！

F：你猜。

Q：……

▼ 情人节想要对方送自己什么礼物？

F：无所谓，需要的我会自己买。

Q：请打开我的淘宝购物车。

▼ 第一次约会在哪里？

F：确定关系后的第一次去吃的重庆火锅，本来想带她去吃西餐，结果她说要吃火锅。

Q：由此可见我真的没把你当外人……

▼ 印象最深的一次约会是在哪里？

F：我去长沙找她那次，其实不算约会，那时候我们还没在一起。那段时间我状态很差，带我长大的奶奶去世，我回家奔丧，觉得自己真的撑不下去了。她反而一切都很好，工作生活都顺心。我很为她高兴，但没想到后来她居然为了我辞职来北京。

Q：说个最近的吧，上个月我们去滑雪，到了滑雪场才知道人家停止营业了，回来的路上饿得不行，荒郊野岭找了家小饭店，味道居然出奇的好！回来的一路上风景也很好，天高地阔的整个人心境都不一样了，那天特别开心，是计划外的开心。

Q&A

▼ 第一次接吻什么感觉?

Q：还没反应过来就被亲了。

F：等了好久终于等到今天。

▼ 对方最大的优点?

Q：好多的，自信，坚持，有责任感，反正我很崇拜他。

F：善良，坚强，聪明，有趣。

Q：我有这么多优点吗?

F：你有。

Q：我哪里坚强了，我走路摔一跤都会哭。

F：你那是蠢。

Q：你刚刚不是说我聪明吗?

F：你只是偶尔聪明，大部分时间是蠢的。

Q：……

▼ 对方最大的缺点?

F：做事没计划。

Q：大男子主义。

▼ 对方带给你最大的改变?

F：变温和了。

Q：变成像他一样的工作狂，叹气，多么怀念过去那个不学无术散漫快乐的我。

▼ 你有多爱对方?

F：这问题真蠢。

Q：编辑大人他骂你!

▼ 对方说什么会让你无法拒绝?

Q：他："据我分析这件事会有五种情况，第一blahblah……第二blahblah……第三种情况下又有两个可能……"我："够了够了！按你说的做，我听你的！"

F：只要是合理要求我都不会

拒绝，至于是否合理看我心情。

Q：看到了吧，什么叫老奸巨猾。

▼ 如果对方约会迟到1个小时你会怎么办？

Q：迟到1个小时对他来说简直太正常，我已经等习惯了好吗？

F：我经常临时有工作要处理。

Q：如果我迟到一个小时呢？

F：我先回去了，拜拜。

Q：……

▼ 如果发现对方有外遇你会怎么办？

F：和她出去旅行，冷静谈一谈，回来再考虑要不要继续在一起。

Q：我赞成他的做法，不过这个问题好破坏夫妻感情的有木有。

▼ 难过时听什么歌会哭？

Q：我难过的时候听什么歌都会哭。

F：没有。

Q：明明有，你上次说过。

F：什么歌？

Q：李宗盛的《我是真的爱你》。

F：我只是说听了很有感触。

Q：差不多啦。

▼ 对方说过什么让你感动的话？

F："跟着你，去哪，做什么都好。"

Q：我什么时候说的？

F：上回和郝五一出去你喝多了，回来抱着我说的。

Q：似乎是某本小说里的话，果然是喝多了。

F：……

▼ 乔一似乎很爱喝酒，F君不管管？

F：跟朋友出去开心喝点酒很正常，不酗酒就行。

Q：过来亲一口！

▼ 你们之间最大的分歧是什么？

F：已经解决了。

Q：我们最大的分歧就是这个，通常遇到事情他只会把结果告诉我，不会跟我商量。你让我有点参与感行不行？

▼ 未来十年有什么家庭计划？

F：有了孩子之后离开北京。

Q：我们想搬去一个宜居的城市，具体还没有考虑好去哪。

▼ 想要男孩还是女孩？

F：无所谓。

Q：男孩。

F：为什么？

Q：因为他妈妈是条汉子，不知道怎么教育女孩。

F：……

▼ EX回来找你复合怎么办？

Q：摸摸他额头看是不是发烧了。

F：我没有EX。

Q：你小学时不是有个经常手牵手一起放学的红颜知己吗？

F：谁告诉你的？

Q：我婆婆呀，人家还给你写过

情书，贺年卡上面画满了桃心，写着你俩的名字。

F：她怎么连这种事情都告诉你？

Q：她什么事情都会告诉我。

▼ 会继续和EX做朋友吗？

Q：会，我跟少爷关系很坦诚的，跟他见面或者聚会有他在场我都会事先跟F讲。F同学只是嘴上傲娇，其实他对我很放心的。

F：你从哪里看出来我放心了？

Q：你要对自己有信心嘛，他哪比得上你。

▼ 如果EX找你借钱怎么办？

Q：少爷应该不会沦落到找我借钱吧。

F：如果真的很紧急的话，交给我处理。

▼ 对你影响最大的一本书

F：很多。

Q：能说漫画吗？《Slam Dunk》

▼ 你的女神/男神是谁？

F：苏菲·玛索。

Q：我天天给你洗衣做饭还不如一个没见过面的法国妞？！

F：不是问女神吗？

Q：女神的意思就是最爱的女人！

F：好吧，是你和我妈。那你的男神呢？

Q：太多了，一页纸都写不下，周杰伦、吴彦祖、张震、木村拓哉、元彬、35岁以前的裴勇俊、詹姆斯·麦卡沃伊、基努·里维斯、李察·基尔、休·格兰特、三井寿、工藤新一、爱德华、山治、路飞……

F：……

▼ 有什么与众不同的爱好吗？

Q：想事情的时候喜欢咬指甲，所以我手指甲特别短。

F：没有。

Q：你明明爱吃巧克力，一个大男人这么爱吃巧克力简直无力吐槽。

▼ 喜欢什么动物？

F：狗。

Q：大象。

F：为什么是大象？

Q：看起来很善良的样子。

▼ 最近在看什么书？

F：路遥的《平凡的世界》。

Q：《瓦尔登湖》，治愈失眠有奇效，翻两页就睡着了。

▼ 最近单曲循环什么歌？

F：《Time in a Bottle》/Jim Croce。

Q：《Cross My Mind》/Twin Forks。

▼ 最喜欢的一部电影？

F：《小鞋子》，一部伊朗电影，非常朴实纯真。

Q：《美丽人生》。

▼ 哪个时刻对方让你有"怦然心动"的感觉。

Q：读书的时候他们都说他帅，我没觉得，直到有一次他跟我哥参加竞赛，他穿了件西装，我看到他的时候惊了一下，穿了西装之后气质一下子不一样了，第一次觉得哇靠这男的真帅。

F：忘了。

Q：随便编一个哄哄我不行吗？

F：现在。

Q：你编得稍微有点诚意好吗？

▼ 有什么事情想做但一直没有做成？

F：跳伞，我恐高。

Q：文身，某人不准（斜眼）。

▼ 今年生日许了什么愿？

F：没许。

Q：不能说。

▼ 觉得自己爱对方多一些还是相反？

Q：这个很难说吧，又没有一个规定的测量标准。

F：我爱她多一些。

▼ 如果你们的身体互换了，要扮演对方一星期，谁会先露馅？

Q：应该是我吧。

F：她。

▼ 如果对方的灵魂进入了观潮的身体，要舌吻才能变回去，你愿意吗？

Q：忍着恶心亲下去吧。

F：这个问题谁想的？

▼ 不考虑现实因素，你最想做什么职业？

Q：海盗。

F：海军。

Q：为什么？

F：追你啊。

Q：冷死了。

▼ 你觉得最好的爱情是什么状态？

Q：忙得昏天暗地但一想到他就会安心。

F：就是现在。

▼ 你目前最大的愿望是什么？

Q：赶紧把书写完。

F：休假，和她去旅行。

Q：去土耳其吧？

F：好。

Q：你每次都这么说，然后放我鸽子。

▼ 一生只爱一个人会不会觉得有点可惜？

Q：不会，人生苦短啊，何必花费那么多精力去爱很多人，有一个就够了。

F：选了无数个最后找到最适合自己的那一个，或者花很多年时间和同一个人磨合，其实风险是一样的，后者的成就感更大。

Q：话说回来，谁说我一生只爱一个人了？我爱着很多人的。

F：你今天没吃药吗？

▼ 乔一姓乔吗？

Q：不是。

▼ 为什么叫乔一？

Q：注册微博的时候随手打的，以前看《老友记》我最喜欢Joey，所以就随手打了个乔一，早知今日我一定认真取个好名字！

▼ F君的姓里面带“F”吗?

Q：我说也是随手打的，会被群殴吗哈哈哈。

F：我英文名是Frank。

在

这什么都善变的人世间，
我想看一下永远

NO.18

001 ///

谈恋爱的时候我们分过一次手。

他经常要出差，一走就是一两个月，没有太多时间陪我，我总是一个人。

生病发烧到42度，担心自己会死掉，强撑着爬起来一个人打车去医院。

下班回家发现厨房水管爆裂，整个家被淹，吊顶塌了一半，一个人跑装修市场找工人来返修。

有一晚加班太累在公交上睡着，一觉睡到终点站，凌晨一点在马路上独自走了一个多小时才打到车，回到家，打开门，黑漆漆的，放下钥匙仿佛都能听到回声，心里空荡荡的，欣喜忧愁无从分享，欢笑落泪不能拥抱，有时候想想这个男朋友跟没有一样，我是为了他才来这里的呀，为什么每次我需要他的时候他都不在?

有一次我崩溃了，好像是我们交往周年纪念日，本来约好了一起过，可他临时接到通知要走，他收拾行李的时候，我突然哭了。

我知道他事业心重，也知道他身不由己，道理我都懂，可我就觉得委屈，就想痛痛快快哭一场。

他抱着我任由我哭，等我抽抽搭搭终于止住眼泪，他突然说，如果你真的这么痛苦，那我们分手吧。

他语气特别镇定。

很奇怪，那一瞬间我也很冷静，擦干眼泪说好。

他迅速帮我续交了一年的房租，搬走了自己的东西。

我们就这样分手了。

过了两个月，郝五一听说他跟我分手，气得冲去找他，本想揍他一顿的，结果见了面差点没认出他来，他满脸憔悴，跟行尸走肉没差别。

郝五一回来跟我说，和好吧，他是舍不得让你受委屈，他是真的爱你爱惨了。

我哥给他出主意，说我妹心软，你随便找个借口给她发条短信，一来二去就和好了。

他终于给我发了条短信："本来想提醒你天冷要添衣，可是……等了一周都是大晴天。"

我看着短信又哭又笑。

后来他告诉我，分手那晚他搬东西走，在路边抽烟，呛得一脸眼泪鼻涕，这辈子头一回觉得自己没用。以往我们的相处中他一直是强势的那一方，在那一刻，我突然发现在爱情里人人平等，原来他也会不自信，会害怕，会软弱，会小心翼翼，会不知道该如何爱一个人。

我想爱情可能不是谁带领谁，而是双方共同成长才能达到安心与自在，如果说，喜欢是渴望将好的一起分享，那么，爱是愿意把坏的共同承担。

我知道这条路很长，好在一辈子很长，我想陪他慢慢走。

002 ///

有一回他们公司聚餐，他被灌醉了。我半夜接到他同事电话，让我去接他，说这家伙喝大发了，说什么都不走，抱着酒瓶要媳妇儿。

我哭笑不得，换了衣服匆匆赶去。

回来的路上我开车，他就坐在副驾驶座上，眼睛亮晶晶地看着我。他喝醉了之后就特别可爱，跟个小朋友似的，问什么就答什么。

我逗他：“你是谁？”

“XX！”他特大声地答自己的名字。

“那我是谁？”

“苏菲·玛索！”

咦？F同学你的思维还在地球上吗？

“苏菲·玛索怎么可能来接你，再给你一次机会，我是谁？”

“奥黛丽·赫本！”他傻笑着回答。

我只好顺着他，“那苏菲·玛索和奥黛丽·赫本谁更漂亮？”

他一个劲地摇头，“都不漂亮！”

“那谁漂亮？”

“我老婆！”

“你老婆是谁？”

“乔一！”

绕了半天原来没醉啊。

回到家我让他去洗澡，他耍赖不去，抱着我喊：“老婆。”

抱了很久，他突然很感性地说：“我得对你再好点。”

我问为什么呀，他说：“你一个小女生，背井离乡来这里吃苦，都是为了我。”

我特高兴，说我是小女生呢，现在出门遇到小朋友人家都叫我阿姨。

他无语：“一般人不都应该感动后半句吗？”想了想又说，“对，我老婆就是不一般。”

我大笑。

其实我从来没觉得自己背井离乡。说起来是还挺辛苦的，刚来北京的时候我跟人合租，共用浴室和厨房。那时候我最大的愿望就是能有独立卫生间，要是能有浴缸泡个澡，那简直是奢华的享受，整个人生都完整了。

那时候我和F君住在北京城的两端，我每天下了班乐颠颠地挤地铁去找他，他通常要加班加到很晚，我们就在楼下吃饭。他们公司楼下有个阿姨卖的麻辣烫特别好吃，他不准我吃，说不卫生，他总有些很固执的坚持，感冒不吃药，不吃路边摊，最后被我烦得不行又只好妥协。

我们事业刚起步，都没什么钱。F君初入职场时被坑得很惨，信错了人，在行业里几乎被拉进blacklist（黑名单），还欠了一些债，实在走投无路了，只能找他爸，他爸二话不说就把钱打到他账上。F君说，那时候看到他爸转账成功的短信，觉得特别羞耻。

他的人生一直都顺风顺水，没受过什么打击，那一回有点一蹶不振了，经常一个人发呆，一愣就是几个小时，每晚失眠，在床上睡不着就爬起来疯狂工作，一直到天亮去上班，几乎都不睡觉。

后来他跟我说，要不是我突然出现，他都不知道这种状态会持续到什么时候。

我至今很庆幸，陪他度过了最艰难的时期。我来之前并不知道他是这个状况，如果知道，我一定会早一点来他身边。

印象很深的是有一次我们逛宜家， 他看中一盏台灯，799元，对于当时的我们来说实在有些奢侈，于是恋恋不舍地走了。那个月我发了工资第一件事就是去把台灯买了送给他。我跟他说，“我相信现在的一切危机都是你我人生必经的——没钱，压力大，不得志……每个人都会有这一段。你不用焦虑，慢慢来，大不了我养你。”

后来我们搬了几次家，这个台灯一直带着。

前阵子我问他：“我有没有说过什么让你印象很深的话？”

他说：“应该是你说你养我。”

“你是不是很感动？”

他说："没有，气得一晚上没睡着。"

"为什么？"

"要养也必须是我养你，以后不准再说这种话了。"

我有时候真是摸不准他的脾气啊。

003 ///

这周末起得挺早，去家附近的超市买东西，走时乌云密布，看来要下雨，又抱着侥幸心理，想着快去快回应该不会被淋，我不爱带伞的习惯到现在都没改。

迅速买了东西准备回家，刚走出来就撞上瓢泼大雨，等了好一阵子依然没停，只好给他打电话。我走的时候他还在睡。

"醒了没？"

"怎么？"听声音是没醒。

"我没带伞，来家乐福接我，外面下雨了。"

他嘀咕一句不长记性就挂了。

我站在超市门口等他，看着雨势渐渐变小，心里有些后悔把他吵醒，该让他多睡会儿。

突然想起高三那年，也是一个雨天，我没带伞，站在学校门口躲雨。那段时间我和他的关系似乎很尴尬，总有人起哄他是我的"绯闻男友"，我性格内向，每次被人起哄都窘迫得要命，不知道该怎么办，只好尽量避开他。他应该也感觉到了我在躲他，没再主动跟我说话。

那天我站在屋檐下，看见他和一帮理科班的男生从学校走出来，迅速低头假装没看见。

他们一群人浩浩荡荡从我身边走过，他走在离我最近的边上，没有跟我打招呼。

等他们走远了，我站在原地，看着他的背影，心里有些惆怅，说不上那是种什么感觉，好像希望发生些什么，又好像希望什么都别发生。

我就看着他的背影越走越远，突然又停下，回头，迅速跑回我面前，在一帮男生的起哄声中，他不由分说地把伞塞到我手里，转身冲进雨幕。

还是什么都没说。

在我的记忆中，少年时代的他总是沉默，我们相处的画面就像一幕幕安静的默剧。他什么都不说，但我能感觉到他的存在，就像一盏不需要担心会忽然断电的落地灯，稳稳当当地照亮一切。

我在超市门口等了没多久他就来了，冲我按了声喇叭，一边倒车一边讲电话。

我一高兴，冒着雨朝他跑去。他在车上给我比了一个“回去”的手势，我又乖乖退回屋檐下。

他下车，撑伞向我走来。

走到我跟前他匆匆挂了电话，我以为他要教训我又不带伞，谁知他却说：“怎么不叫醒我和你一起来。”

“难得周末，想让你多睡会儿。”

回去的路上我一直盯着他看，他纳闷，“干吗？我脸都没洗。”

“奇怪了，以前觉得你西装革履才好看，现在觉得你头不梳脸不洗穿件睡衣都很帅。”

他那个乐呀，“你老公怎么打扮都帅。”

我突然说：“我爱你。”

他愣了一下，“干吗？”

“没什么，就是突然想告诉你。”

车堵在路上久久没动，北京永远在堵车，这里空气不好，城市太大，人潮拥挤，我有一万个不喜欢这里的理由，可我爱的人在这里，我就在这里安了家。爱让我们褪去身上青涩的棱角，穿越汹涌的人潮，用最温柔最炽热的爱拥抱彼此，我知道这个世界什么都善变，可是说真的，眼前这个人，他让我相信永远。

附录

F君专访

NO.19

□Q：F君有关注乔一的微博吗？

A：没，我不用微博。

□Q：乔一说你一开始很不赞成她出书，为什么呢？

A：我认为这件事会影响我们的生活。我说的话做的事被几万人阅读，这种感觉很不好，我不是名人，不想贩卖隐私。

□Q：为什么最后同意了？乔一撒娇成功？

A：不是，原则问题撒娇是没用的，我不会纵容她。我们讨论过很多次，她给我看读者的留言，很有意思。我从来没想过我们的故事会带给别人这么多鼓励，虽然在我看来那些都是很平常的事。乔同学小时候度过了很长一段时间的迷茫期，很孤独，后来遇到我才慢慢好起来。她说世界上有很多像她一样的女孩，她想给她们一点温暖和鼓励，告诉她们世界很美好，爱情也很值得期待，最后她说服了我。

□Q：F君有没有意向也出一本书？从你的角度来写乔一？

A：首先我文笔没她好，她能把很平常的事情描述得生动有趣，这是她的本事，我没有；其次我工作太忙。

□Q：乔一写书的过程中有什么有趣的事情吗？

A：我们一起回忆了很多过去

的事情。同一件事我们俩的版本居然完全不一样，她来我出租屋洗澡那次，穿了我的衣服，害我没衣服穿，这么多年她居然一直以为我是故意的。半夜她经常以“深夜赶稿肚子饿”为由骗我带她出去吃火锅，吃饱了就犯困，回家一个字没写。前段时间她每天都很辛苦，要写书又要兼顾工作，她很崩溃说不想写了。我逗她说把书名改成《F君除了乔一还在想什么？》，翻开里面一个字都没有，既能秀恩爱又能让你偷懒。

□Q：乔一写完之后你看了吗？

A：没看，我大致知道她写的是哪些内容。

□Q：有没有可能发照片？表示真的很期待！

A：绝对不透露个人信息是我的底线。你们就当“F君”和“乔一”是生活在书里的吧。

□Q：大家都觉得F君很完美，完全是理想型，那么乔一是哪一点吸引了你呢？

A：我不完美，你们看到的只是乔同学笔下的我，我没她写的那么好。

我有很多缺点，换了别人会受不了，但她能包容我，她性格里温柔的成分居多。在我眼里她有很多优点——对世界有关怀、对生活有幽默感、足够豁达乐观、坚强而且善良。她内心有种很强大的力量，支撑她经历苦难后还能心存善良，这一点非常可贵，跟我母亲很像。

她说好多人都说她拯救了银河系才遇到我，其实跟乔同学真正接触过的人都不会这样认为。我觉得是我拯救了银河系才遇到她。

□Q：你对乔一是一见钟情还是日久生情？

A：我在感情世界里很理智，不会因为当时的浪漫气氛或者对方身上的某一特质而产生好感，一见钟情对我来说几乎不可能。

很难确定是从哪个事件开始心动的，应该是越了解她越喜欢，经过了一个很漫长的累积过程。

□Q：是谁先喜欢谁的？

A：不好说，我都不清楚自己是从什么时候开始喜欢她的。

□Q：那是谁先告白的？

A：我先告白，被她拒绝了，但是她不承认，说那不算告白。

□Q：F君在英国那几年为什么狠心跟乔一绝交呢？

A：被拒绝了没面子，觉得感情被践踏，那时候年纪小不成熟，其实是我做得不对，后来很后悔，又拉不下脸主动和好，就这样冷战了几年，现在想想很幼稚。

□Q：乔一辞职来北京找你，当时你怎么想的？

A：很震惊，以我对她的了解她不可能做出这么出格的事，后来我发现我根本不了解她。

□Q：有没有哪个瞬间让你觉得很幸福？

A：没有很特别的记忆，男女思维不一样，这个问题要问乔同学。

□Q：准备什么时候造一个小F？

A：暂时还没有计划。

□Q：你觉得观潮这人怎么样？

A：非常聪明，以前读书我是靠努力，他完全靠天赋，让我很郁闷。他跟乔一性格相反，他更自我，直线思维，说话做事很少考虑别人的感受，他们兄妹的性格能综合一下就好了。以前他问我如果有时光机可以回到过去我想去哪，我说先去你家揍你一顿，他问为什么，我说因为你总欺负我老婆。

□Q：你觉得少爷这人怎么样？

A：不熟。

□Q：婚姻保持美满甜蜜的秘诀？

A：没有刻意去保持甜蜜，乔同学是很少诉苦的人，从她嘴里说出的全是开心的事，所以你们看到我们的生活好像从来没有烦恼，其实不是的，我们也会吵架冷战，但这也是婚姻的一部分。

要一起走到九十岁才算真正的美满，现在还不算。

□Q：感觉F君工作好忙，如何兼顾家庭？

A：爱情很重要，但不是我们生活的全部，大多数时候我们都在各自忙。感情需要物质支撑，必须要付出时间和大部分精力去换取，因此我能陪她的时间其实很少，我很感激她能为此做出妥协。

说句题外话，能够到达金字塔顶尖的动物有两种：雄鹰和蜗牛，雄鹰是少数，大多数都是蜗牛，所以我们没资格懒惰。

□Q：有什么话想对喜欢你们的读者说吗？

A：不要懒惰。

□Q：有什么话想对乔一说吗？

A：没什么，该说的都说了。